16	3	2	13
5	10	11	8
9	6	7	12
4	15	14	1

Apostolos Doxiadis

TIO PETROS
E A CONJECTURA
DE GOLDBACH

Um romance sobre os desafios da Matemática

Tradução
Cristiane Gomes de Riba

editora 34

EDITORA 34

Editora 34 Ltda.
Rua Hungria, 592 Jardim Europa CEP 01455-000
São Paulo - SP Brasil Tel/Fax (11) 3811-6777 www.editora34.com.br

Copyright © Editora 34 Ltda. (edição brasileira), 2001
O *Theios Petros kai i Eikasia tou Goldbach* © Apostolos Doxiadis, 1992

A FOTOCÓPIA DE QUALQUER FOLHA DESTE LIVRO É ILEGAL E CONFIGURA UMA
APROPRIAÇÃO INDEVIDA DOS DIREITOS INTELECTUAIS E PATRIMONIAIS DO AUTOR.

Edição conforme o Acordo Ortográfico da Língua Portuguesa.

Capa, projeto gráfico e editoração eletrônica:
Bracher & Malta Produção Gráfica

Revisão:
Cide Piquet

1ª Edição - 2001 (2 Reimpressões),
2ª Edição - 2010 (1ª Reimpressão - 2013)

Catalogação na Fonte do Departamento Nacional do Livro
(Fundação Biblioteca Nacional, RJ, Brasil)

Doxiadis, Apostolos, 1953-
D752t   Tio Petros e a conjectura de Goldbach: um romance
sobre os desafios da Matemática / Apostolos Doxiadis;
tradução de Cristiane Gomes de Riba — São Paulo:
Editora 34, 2010 (2ª Edição).
168 p.

ISBN 978-85-7326-197-4

Tradução de: O Theios Petros kai i Eikasia tou Goldbach

1. Literatura grega moderna. 2. Postulados
matemáticos - História e crítica. 3. Teoria dos números -
História e crítica. I. Riba, Cristiane Gomes de.
II. Título.

CDD - 889

"Arquimedes será lembrado quando Ésquilo tiver sido esquecido, porque as línguas morrem, mas as ideias matemáticas, não. 'Imortalidade' talvez seja uma palavra tola, mas ao matemático, provavelmente, é dada a melhor oportunidade de descobrir seu significado."

G. H. Hardy, *A Mathematician's Apology*

haben, nicht bestehen, ob nicht aber schon mals sonderliches,

* wann dingst series lauter numeros unius modo in duo quadrata divisibiles gäbe, auch solche Weise will ich euch eine conjecture hazardiren: daß jede Zahl welche aus zweyen numeris primis zusammengesetzet ist ein aggregatum so vieler numerorum primorum sey als man will /: die unitatem mit dazu gerechnet :/ biß auf die congeriem omnium unitatum *. zum Exempel

$$4 = \begin{cases} 1+1+1+1 \\ 1+1+2 \\ 1+3 \end{cases} \quad 5 = \begin{cases} 2+3 \\ 1+1+3 \\ 1+1+1+2 \\ 1+1+1+1+1 \end{cases} \quad 6 = \begin{cases} 1+5 \\ 1+2+3 \\ 1+1+1+3 \\ 1+1+1+1+2 \\ 1+1+1+1+1+1 \end{cases} \quad \&c$$

Hierauf folgen nun zwey observationes so demonstriret werden können:

Si v sit functio ipsius x eiusmodi ut facta $v = c$ numero cuicunque, determinari possit x per c et reliquas constantes in functione expressas, poterit etiam determinari valor ipsius x in aequatione $v^{2x+1} = (2v+1)(v+1)^{n-1} \int \frac{v^{2x+1} - (v+v)(v+v)^{n-1}}{(2v+1)(v+v)^{n-1}}$ dx, ita ut $vv - v$

Si concipiatur curva cuius abscissa sit x, applicata vero sit summa na seriei $\frac{x^n}{n \cdot 2^n}$ posito n pro exponente terminorum, hoc est,

applicata $= \frac{x}{1 \cdot 2} + \frac{x^2}{2 \cdot 2^2} + \frac{x^3}{3 \cdot 2^3} + \frac{x^4}{4 \cdot 2^4} + \&c.$ dico; si fuerit

$$\text{abscissa} = 1. \quad \text{applicatam fore} = \frac{5}{3} = |\frac{5}{3} \quad \text{fit hac applicata} = y$$
$$2 \dots \dots l_2$$
$$3 \dots \dots l\frac{1}{2}$$
$$4 \text{ vel major} \dots \text{infinitam.}$$

Ich verharre mit allezeit angeführter Hochachtung Euer Wohlgebohrnen ergebener treuer Diener
Goldbach.

Moscau 7. Jun. st. n. 1742.

UM

$$4 = \begin{cases} 1+1+1+1 \\ 1+1+2 \\ 1+3 \end{cases} \qquad 5 = \begin{cases} 2+3 \\ 1+1+3 \\ 1+1+1+2 \\ 1+1+1+1+1 \end{cases}$$

Toda família tem uma ovelha negra: na nossa era Tio Petros.

Meu pai e Tio Anargyros, seus dois irmãos mais novos, fizeram de tudo para que eu e meus primos herdássemos, sem discutir, a opinião que tinham dele.

— Esse inútil do meu irmão, o Petros, é um desses fracassados da vida — comentava meu pai a cada oportunidade que tinha. E Tio Anargyros, durante as reuniões de família às quais Tio Petros nunca comparecia, sempre proferia seu nome bufando e fazendo caretas que exprimiam desaprovação, desdém ou simples resignação, dependendo de seu estado de espírito.

No entanto, justiça seja feita: ambos os irmãos eram totalmente honestos com ele nos assuntos financeiros. Mesmo jamais tendo compartilhado sequer uma pequena parte do trabalho e das responsabilidades inerentes ao funcionamento da fábrica que os três herdaram de meu avô, Tio Petros recebia religiosamente de meu pai e de Tio Anargyros sua parte dos lucros. (Isto se devia a um forte senso de família, outro legado comum.) Tio Petros retribuiu na mesma medida. Como não teve sua própria família, ao morrer deixou para nós, sobrinhos, filhos de seus generosos irmãos, a fortuna que se multiplicara em sua conta bancária quase intocada.

Para mim especificamente, o "predileto dos sobrinhos" (palavras dele), legou sua enorme biblioteca que, logo em seguida, doei à Sociedade Helênica de Matemática. Fiquei apenas com dois itens, o volume dezessete das *Opera Omnia*, de Leonhard Euler, e a edição número trinta e oito da revista científica alemã *Monatshefte für Mathematik und Physik*. Essas modestas recordações eram simbólicas, pois definiam as fronteiras do essencial da história vivida por Tio Petros. Seu ponto de partida reside em uma carta escrita em 1742, contida no livro, na qual Christian Goldbach, um matemático de importância menor, leva ao conhecimento do grande Euler uma certa observação aritmética. E seu término, por assim dizer, encontra-se nas páginas 183-98 do erudito periódico alemão, em um estudo intitulado "Sobre Proposições Formalmente Indecidíveis dos *Principia Mathematica* e Sistemas Afins", escrito em 1931 pelo até ali desconhecido matemático vienense Kurt Gödel.

* * *

Até metade da adolescência, eu via Tio Petros uma vez por ano, durante a visita formal que fazíamos no dia com seu nome, a festa de São Pedro e São Paulo, em vinte e nove de junho. O hábito daquele encontro anual fora iniciado por meu avô, tornando-se, por consequência, uma obrigação sagrada para nossa família guiada pela tradição. Viajávamos para Ekali — hoje situada nos arredores de Atenas, mas que naquele tempo era uma espécie de aldeia isolada no meio da floresta — onde Tio Petros morava sozinho em uma pequena casa cercada por um grande jardim e um pomar.

O desprezo de meu pai e Tio Anargyros pelo irmão mais velho me intrigara desde a infância, transformando-se com o passar do tempo em um verdadeiro mistério. A discrepância entre o retrato que pintavam dele e a imagem que eu construía a partir de nosso escasso contato pessoal era tão gritante que mesmo uma mente imatura como a minha era forçada a questionar.

Em vão eu observava Tio Petros durante nossa visita anual, tentando achar em sua aparência ou comportamento sinais de devassidão, indolência ou outras características típicas de uma pessoa perversa. Pelo contrário, qualquer comparação pesava inegavelmente a seu favor: os irmãos mais novos não tinham paciência e eram muito grosseiros, enquanto Tio Petros era delicado e atencioso, os olhos azuis profundos sempre irradiando bondade. Ambos bebiam e fumavam muito; ele apenas consumia água e tragava o ar perfumado do jardim. Além disso, ao contrário de meu pai, que era corpulento, e de Tio Anargyros, que era obeso, Petros tinha uma aparência saudável, resultado de um estilo de vida fisicamente ativo e abstêmio. A cada ano minha curiosidade aumentava. Para minha grande decepção, no entanto, meu pai recusava-se a fornecer qualquer outro detalhe acerca de Tio Petros além do desdenhoso refrão, "um desses fracassados da vida". Obtive, de minha mãe, um relato de suas atividades diárias (mal se podia falar de uma ocupação): todas as manhãs levantava-se ao romper da aurora e passava a maior parte do dia trabalhando duro no jardim, sem ajuda de um jardineiro ou de qualquer uma dessas engenhocas modernas que facilitam o trabalho, fato que os irmãos, erroneamente, atribuíam à avareza. Quase não saía de casa, exceto para uma visita mensal a uma pequena instituição filantrópica fundada por meu avô, onde atuava voluntariamente como tesoureiro. Além disso, às vezes ia a um "outro lugar", jamais especificado por ela. Sua casa era um verdadeiro eremitério; a não ser pela invasão familiar anual, nunca havia visitas. Tio Petros não tinha vida social. À noite ficava em casa e "mergulhava nos estudos", conforme minha mãe, quase sussurrando, acabou por revelar.

O comentário chamou minha atenção. — Estudos? Que estudos?

— Só Deus sabe — respondeu minha mãe, evocando, em minha imaginação de menino, visões de esoterismo, alquimia ou coisa pior.

Uma inesperada informação adicional permitiu identificar o misterioso "outro lugar" frequentado por Tio Petros. Ela foi dada por um convidado de meu pai quando jantava em nossa casa.

— Vi o seu irmão Petros outro dia, no clube. Ele me arrasou com um Caro-Kann — disse o convidado, e eu interpus, recebendo um olhar zangado de meu pai: — Do que é que o senhor está falando? O que é um Caro-Kann?

O homem explicou que estava se referindo a uma forma particular de abertura do jogo de xadrez, cuja denominação derivava de seus dois inventores, os Mestres Caro e Kann. Aparentemente Tio Petros ia às vezes a um clube de xadrez em Patissia onde sempre derrotava seus pobres adversários.

— Que jogador! — suspirou o convidado, com admiração. — Se ele tivesse competido oficialmente, hoje seria um Grande Mestre!

A essa altura meu pai mudou de assunto.

A reunião familiar anual acontecia no jardim. Os adultos sentavam-se em volta de uma mesa posta em um pátio pavimentado, bebendo, comendo e conversando fiado, os dois irmãos mais novos tentando (e normalmente não conseguindo) ser amáveis com o homenageado. Eu e meus primos brincávamos entre as árvores no pomar.

Em uma ocasião, decidido a procurar uma resposta para o mistério de Tio Petros, pedi para ir ao banheiro; esperava conseguir uma oportunidade de examinar o interior da casa. Para minha grande decepção, entretanto, o anfitrião indicou-me uma casinha anexa ao galpão das ferramentas. No ano seguinte (eu tinha, então, quatorze anos) o tempo veio em auxílio de minha curiosidade. Uma tempestade de verão obrigou meu tio a abrir as portas de vidro e conduzir-nos até um lugar que, sem dúvida, fora projetado para ser uma sala de estar. Porém, também não havia dúvida de que o dono não o utilizava para receber visitas. Embora houvesse ali um sofá, sua posição era totalmente inadequada, estando virado para a parede. Cadeiras foram trazidas do jardim e colocadas em um semicírculo, onde nos sentamos, como se estivéssemos em um velório rural.

Com uma rápida vista de olhos em toda volta, fiz um breve reconhecimento. A única mobília que parecia estar em uso era uma poltrona funda e surrada, junto à lareira, com uma pequena mesa ao lado; nela estava um tabuleiro de xadrez, com as peças dispostas como se houvesse uma partida em curso. Perto da mesa, no chão, havia uma grande pilha de periódicos e livros de xadrez. Ali, então, era onde Tio Petros sentava toda noite. Os estudos mencionados por minha mãe deveriam ser de xadrez. Mas seriam mesmo?

Eu não podia tirar conclusões simples e precipitadas, pois novas hipóteses haviam agora surgido. A principal característica do cômodo onde nos sentamos, o que o tornava tão diferente da sala de estar de nossa casa, era a presença esmagadora de livros, uma infinidade deles por toda parte. Enquanto elevadas pilhas cobriam quase todo o chão, prateleiras abarrotadas, quase transbordando, revestiam de cima a baixo todas as paredes visíveis do cômodo, do corredor e do saguão de entrada. A maioria deles parecia velha e gasta.

A princípio, escolhi o caminho mais direto para responder à minha questão sobre seu conteúdo. Perguntei: — Que livros são esses, Tio Petros?

Houve um silêncio constrangedor, como se eu tivesse falado de corda em casa de enforcado.

— São... velhos — murmurou, com hesitação, depois de lançar um breve olhar na direção de meu pai. Entretanto, parecia tão embaraçado na busca de uma resposta, e seu sorriso era tão amarelo, que não tive coragem de pedir outras explicações.

Mais uma vez recorri ao chamado da natureza. Dessa vez, Tio Petros levou-me até um pequeno banheiro junto à cozinha. Ao voltar para a sala, sozinho e sem ser observado, aproveitei a oportunidade que criara. Peguei o livro que estava no topo da pilha mais próxima, no corredor, e passei os olhos rapidamente pelas páginas. Infelizmente estava em alemão, uma língua com a qual não era (e continuo não sendo) familiarizado. Além disso, a maioria das páginas estava decorada com misteriosos símbolos que eu nunca vira antes: $\forall, \exists, \int, \notin$. Entre eles, consegui distinguir alguns sinais mais inteligíveis, $+, =, \div$, interpolados entre algarismos e letras latinos e gregos. Meu pensamento racional suplantou as fantasias cabalísticas: era matemática!

Naquele dia deixei Ekali muito preocupado com minha descoberta, indiferente à repreensão que recebi de meu pai, no caminho de volta para Atenas, e ao sermão hipócrita sobre minha "grosseria com o tio" e minhas "perguntas indiscretas e intrometidas". Como se fosse a quebra no *savoir-vivre* que o incomodasse!

Nos meses seguintes, minha curiosidade acerca do lado obscuro e desconhecido de Tio Petros beirou a obsessão. Lembro-me de rabiscar compulsivamente nos cadernos, durante as aulas, desenhos combinando símbolos matemáticos e do xadrez. Matemática e xadrez: em um desses residia, com certeza, a solução para o mistério que cercava meu tio, embora nenhum oferecesse uma explicação totalmente satisfatória, nenhum fosse compatível com a postura de desprezo adotada pelos irmãos. Sem dúvida, essas duas áreas de interesse (ou seria mais do que mero interesse?) não eram em si mesmas objetáveis. Independentemente da forma como se encara a situação, ser um jogador de xadrez no nível de Grande Mestre ou um matemático que devorou centenas de livros formidáveis não confere, pelo menos logo de imediato, o epíteto "um desses fracassados da vida".

Eu precisava descobrir, e para consegui-lo cheguei até a considerar, durante algum tempo, a hipótese de uma aventura no estilo das proezas de meus heróis literários favoritos, um projeto digno dos Secret Seven, de Enid Blyton, dos Hardy Boys, ou de sua alma gêmea grega, o "Heroico Garoto Fantasma". Planejei, até os mínimos detalhes, arrombar a casa de meu tio durante uma de suas visitas à instituição filantrópica ou ao clube de xadrez, para que eu pudesse pôr as mãos em provas concretas de transgressão.

Diante do rumo que as coisas tomaram, não foi necessário recorrer ao crime para satisfazer minha curiosidade. A resposta que eu procurava veio e me atingiu, por assim dizer, na cabeça.

Eis o que aconteceu:

Uma tarde, enquanto fazia os deveres da escola sozinho em casa, o telefone tocou e eu atendi.

— Boa tarde — disse uma voz masculina desconhecida. — Estou ligando da Sociedade Helênica de Matemática. Posso falar com o Professor, por favor?

Sem refletir de imediato, corrigi-o: — O senhor deve ter discado o número errado. Aqui não tem nenhum professor.

— Ah, me desculpe — lamentou. — Eu devia ter perguntado primeiro. Não é da residência dos Papachristos?

Tive uma inspiração súbita. — O senhor, por acaso, está se referindo ao senhor *Petros* Papachristos? — perguntei.

— Estou — respondeu o homem. — *Professor* Petros Papachristos.

— Professor! — O fone quase caiu de minha mão. Porém, contive meu entusiasmo, com medo de pôr a perder aquela oportunidade caída do céu.

— Eu não percebi que o senhor estava falando do *professor* Papachristos — esclareci, tentado ser simpático. — É que aqui é a casa do irmão dele, mas como o Professor não tem telefone — (fato) — nós anotamos os recados para ele — (mentira deslavada).

— Você pode então me dar o endereço dele? — pediu o homem, mas àquela altura eu já havia me recomposto e ele não era páreo para mim.

— O Professor gosta de privacidade — afirmei com arrogância. — Também recebemos a sua correspondência.

Eu deixara o pobre homem sem opções. — Então tenha a gentileza de me dar o seu endereço. Em nome da Sociedade Helênica de Matemática, gostaríamos de enviar um convite para ele.

Nos dias seguintes, fingi-me de doente para poder estar em casa na hora em que a correspondência costumava chegar. Não tive de aguardar muito. No terceiro dia após o telefonema, o precioso envelope estava em minhas mãos. Esperei que meus pais fossem dormir, já depois da meia-noite, e, na ponta dos pés, fui até a cozinha abri-lo no vapor (outro ensinamento tirado das histórias para garotos). Desdobrei a carta e li:

Sr. Petros Papachristos
a. Professor de Análise
Universidade de Munique

Ilustre Professor,
Nossa Sociedade está organizando uma sessão especial para comemorar os duzentos e cinquenta anos de nascimento de Leonhard Euler com uma palestra intitulada "A Lógica Formal e os Fundamentos da Matemática".

Ficaríamos muito honrados, estimado Professor, se Vossa Senhoria pudesse comparecer e dirigir algumas palavras à audiência...

Quer dizer então que o homem a quem meu querido pai se referia como "um desses fracassados da vida" era professor de Análise na Universidade de Munique: o significado do pequeno "a" que precedia o inesperado título prestigioso ainda me fugia. Quanto às realizações do tal Leonhard Euler, ainda lembrado e homenageado duzentos e cinquenta anos após o nascimento, eu não tinha a mínima ideia.

No domingo seguinte, saí de manhã com o uniforme de escoteiro e, em vez de dirigir-me para o encontro semanal, peguei o ônibus para Ekali, levando a carta da Sociedade Helênica de Matemática no bolso. Encontrei meu tio com um chapéu velho, as mangas arregaçadas e uma pá na mão, preparando a terra para uma pequena horta. Ficou surpreso ao me ver:

— O que o traz aqui? — perguntou.

Entreguei-lhe o envelope lacrado.

— Não precisava ter se incomodado — disse ele, mal olhando para a correspondência. — Era só mandar pelo correio. — Em seguida, sorriu gentilmente. — De qualquer forma, obrigado, escoteiro. O seu pai sabe que você está aqui?

— Hum, não — murmurei.

— Então é melhor eu levar você para casa; seus pais podem ficar preocupados.

Argumentei que não era preciso, mas ele insistiu. Sem sequer trocar as botas enlameadas, subiu em seu velho e maltratado Fusca, e seguimos para Atenas. No caminho, tentei por mais de uma vez conversar sobre o convite, mas ele mudava de assunto e falava de coisas irrelevantes como o tempo, a melhor época para podar árvores e escotismo.

Deixou-me na esquina mais próxima de casa.

— Não é melhor eu entrar e explicar o que aconteceu?

— Não, tio, obrigado, não é necessário.

No entanto, explicações acabaram por ser necessárias, sim. Por azar, meu pai telefonara para o clube, com o intuito de me pedir para apanhar algo no retorno a casa, e fora informado de minha ausência. Ingenuamente, deixei toda a verdade escapar. Essa foi a pior escolha possível. Se tivesse mentido e dito que faltara ao encontro para fumar no parque, ou até mesmo para visitar uma casa de má reputação, ele não teria ficado tão bravo.

— Eu não proibi você de ter *qualquer* tipo de contato com esse homem? — gritou, ficando tão vermelho que minha mãe implorou-lhe que pensasse em sua pressão arterial.

— Não, pai — respondi sinceramente. — Para falar a verdade, o senhor nunca proibiu. Nunca!

— Mas você não *conhece* a história dele? Já não lhe falei *mil vezes* sobre o meu irmão Petros?

— Ah, sim, o senhor me falou mil vezes que ele é "um desses fracassados da vida", mas e daí? Nem por isso ele deixa de ser seu irmão, meu tio. Qual o problema de levar uma carta para o coitado? E, pensando bem, eu não consigo entender como alguém que é professor de Análise numa grande universidade possa ser considerado "um desses fracassados da vida"!

— *Antigo* professor de Análise — resmungou meu pai, desvendando o mistério do pequeno "a".

Ainda muito irritado, proferiu a sentença para o que classificou como "ato abominável de desobediência indesculpável". Eu mal podia acreditar no rigor da punição: durante um mês, ficaria confinado no quarto, só saindo para ir à escola. Até mesmo as refeições teriam de ser feitas ali e nenhum tipo de comunicação verbal poderia ser estabelecido com ele, minha mãe ou qualquer outra pessoa!

Fui para o quarto começar a cumprir minha pena, sentindo-me um mártir da Verdade.

Naquela mesma noite, já tarde, meu pai bateu suavemente na porta e entrou. Eu estava na escrivaninha lendo e, respeitando suas ordens, permaneci em silêncio. Sentou-se na cama, do outro lado do quarto, e pude perceber, por sua expressão, que algo havia mudado. Parecia estar calmo, sentindo até um pouco de remorso. Começou anunciando que o castigo por ele infligido "talvez fosse um pouco severo demais" e que, portanto, estava revogado, pedindo-me em seguida desculpas por sua atitude, um comportamento totalmente atípico e inédito por parte de meu pai. Dera-se conta de que sua explosão havia sido injusta. Não tinha cabimento, disse — e eu, é claro, concordei —, esperar que seu filho entendesse algo que ele nunca se dera ao trabalho de explicar. Nunca havia conversado comigo de forma aberta a respeito de Tio Petros, mas agora era chegada a hora de corrigir seu "grave erro". Queria me falar sobre o irmão mais velho. Eu era todo ouvidos.

Eis o que me contou:

Desde muito cedo, Tio Petros dera sinais de um talento fora do comum para matemática. No ensino fundamental impressionara os professores com sua destreza em aritmética e no ensino médio desenvolvia raciocínios abstratos em álgebra, geometria e trigonometria com uma facilidade inacreditável. Termos como "prodígio" e até mesmo "gênio" eram usados. Embora não tivesse muita instrução, o pai deles, meu avô, mostrou-se esclarecido. Ao invés de encaminhar Petros para uma educação mais prática que o prepararia para trabalhar a seu lado no negócio da família, ele o encorajara a seguir o coração. Matriculou-se muito novo na Universidade de Berlim, onde se formou com louvor aos dezenove anos. Obteve seu doutorado no ano seguinte e, com apenas vinte e quatro anos, ingressou no corpo docente da Universidade de Munique como professor catedrático, tornando-se o homem mais jovem a atingir tal posição.

Eu ouvia, de olhos arregalados. — Não parece muito com a trajetória de "um desses fracassados da vida" — comentei.

— Ainda não terminei — advertiu meu pai.

Nesse momento, desviou-se da narrativa. Sem qualquer sugestão minha, falou de si, de Tio Anargyros e dos sentimentos que tinham por Petros. Os dois irmãos mais novos acompanharam seu sucesso com orgulho. Nem por um instante sentiram um pouquinho de inveja, afinal, também eram bons alunos, embora não tão espetaculares quanto o irmão gênio. Ainda assim, nunca haviam se sentido muito próximos a ele. Desde a infância, Petros era um solitário. Meu pai e Tio Anargyros quase nunca estavam com o irmão, mesmo quando este ainda morava em casa; enquanto brincavam com os amigos, ele ficava no quarto resolvendo problemas de geometria. Quando Petros foi para a universidade, no exterior, meu avô obrigava-os a escreverem-lhe cartas polidas ("Querido irmão, estamos todos bem... etc."), às quais respondia, muito raramente, com um agradecimento lacônico em um cartão postal. Em 1925, quando toda a família foi à Alemanha visitá-lo, apareceu nos poucos encontros comportando-se como um total estranho, distraído, ansioso, impaciente para retomar logo o que estava fazendo. Depois disso, nunca mais o viram, até 1940, quando a Grécia entrou em guerra contra a Alemanha e ele teve de regressar.

— Por quê? — perguntei a meu pai. — Para se alistar?

— Claro que não! O seu tio nunca teve sentimentos patrióticos, nem de qualquer outro tipo. É que, uma vez declarada a guerra, ele passou a ser considerado um estrangeiro inimigo e teve que sair da Alemanha.

— Então, por que é que ele não foi para outro lugar, para a Inglaterra ou para os Estados Unidos, para outra universidade importante? Se ele era um grande matemático...

Meu pai interrompeu-me com um grunhido apreciativo, acompanhado de uma sonora palmada na coxa.

— Essa é a questão — disse ele, incisivamente. — Essa é toda a questão: ele não era mais um grande matemático!

— Como assim? — perguntei. — Como isso é possível?

Houve uma longa e significativa pausa, sinal de que o ponto crítico da narrativa, o momento exato em que a ação passa de crescente a decrescente, fora atingido. Meu pai inclinou-se para mim, franzindo as sobrancelhas com um ar ameaçador, e disse em um sussurro profundo, quase um gemido:

— O seu tio, meu filho, cometeu o maior dos pecados.

— Mas o que é que ele fez, pai, me diga! Ele furtou, roubou ou matou?

— Não, não, tudo isso são delitos pequenos quando comparados ao crime dele! Veja bem, não sou eu quem o diz, é o

Evangelho, é Nosso Senhor: "Não blasfemarás contra o Espírito!". O seu Tio Petros jogou pérolas aos porcos; ele profanou vergonhosamente algo que era santo, sagrado, divino! O inesperado desvio teológico colocou-me, por alguns instantes, na defensiva: — E o que foi que ele profanou? — O seu *dom*, é claro! — gritou meu pai. — O grande e único dom com que Deus o abençoou, o seu talento matemático fenomenal e sem precedentes! O idiota simplesmente o desperdiçou; ele o esbanjou e depois jogou no lixo. Dá para imaginar? Aquele mal-agradecido nunca fez nada que se aproveitasse em matemática. Nunca! Nada! Zero!

— Mas *por que* não? — perguntei.

— Ah, porque Sua Excelência estava envolvido com a "Conjectura de Goldbach".

— Com *quê*?

Meu pai fez uma expressão de desagrado. — Ah, um enigma qualquer, algo que não tem interesse para ninguém, a não ser para um bando de desocupados que gostam de joguinhos intelectuais.

— Um enigma? Como palavras cruzadas?

— Não, um problema matemático; mas não um problema qualquer: essa tal "Conjectura de Goldbach" é considerada uma das coisas mais difíceis de toda a matemática. Dá para imaginar? As maiores cabeças do planeta não conseguiram achar a solução, mas o espertinho do seu tio decidiu, aos vinte e um anos, que iria chegar lá... Aí, seguiu em frente, desperdiçando a vida nisso!

A trajetória de seu raciocínio deixara-me um pouco confuso.

— Espere aí, pai — disse eu. — *Esse* é o crime dele? Procurar a solução para o problema mais difícil da história da matemática? O senhor está falando sério? Isso é magnífico; é absolutamente fantástico!

Meu pai lançou-me um olhar penetrante. — Se ele tivesse conseguido resolver, talvez fosse "magnífico", "absolutamente fantástico" ou o que você... embora continuasse não tendo utilidade nenhuma, é claro. Mas ele *não* conseguiu! Estava agora impaciente comigo; voltara a seu estado normal. — Filho, você sabe qual é o Segredo da Vida? — perguntou, com ar severo.

— Não, não sei.

Antes de revelá-lo, pegou o lenço de seda com monograma e assoou o nariz, parecendo uma trombeta:

— O Segredo da Vida é traçar sempre metas alcançáveis. Elas podem ser fáceis ou difíceis, dependendo das circunstâncias, da personalidade e da capacidade de cada um, mas têm sempre que ser al-can-çá-veis! Para falar a verdade, acho que vou pendurar o retrato do Petros no seu quarto, com uma legenda: EXEMPLO A SER EVITADO!

Não é possível transmitir, ao escrever agora, na meia-idade, a turbulência causada em meu coração adolescente por aquele primeiro relato, incompleto e preconceituoso, da história de Tio Petros. Meu pai, claro, queria que me servisse de aviso, mas suas palavras tiveram efeito exatamente contrário: ao invés de afastarem-me do irmão anormal, elas atraíram-me para ele como para uma estrela brilhante.

Eu ficara estupefato com o que ouvira. Nessa época, eu não sabia ao certo o que era aquela famosa "Conjectura de Goldbach", nem estava muito interessado em descobrir. O que me fascinava era que meu tio, bondoso, reservado e aparentemente despretensioso, era, na realidade, um homem que, por escolha própria, lutara anos a fio nos limites mais extremos da ambição humana. Aquele homem que eu conhecia desde sempre, que era, na verdade, um parente bastante próximo, dedicara toda sua vida à resolução de Um dos Mais Difíceis Problemas da História da Matemática! Enquanto os irmãos estudavam e se casavam, criavam os filhos e administravam o negócio da família, consumindo suas vidas, junto com o restante da humanidade anônima, na rotina diária da subsistência, da procriação e do ócio, ele, tal como Prometeu, empenhava-se para iluminar o mais escuro e inacessível canto do conhecimento.

O fato de ter fracassado em sua diligência não o diminuiu diante de meus olhos; muito pelo contrário, elevou-o ao pico mais alto da excelência. Não era esse, afinal de contas, o conceito exato da provação do Herói Romântico Ideal, Travar a Grande Batalha Mesmo Sabendo-a Perdida? Seria meu tio muito diferente de Leônidas e seus soldados espartanos tentando resistir nas Termópilas? Os últimos versos do poema de Kaváfis que eu aprendera na escola pareciam aplicar-se perfeitamente a ele:

... E de mais honra serão merecedores
se previram (como tantos o fizeram)
que Efialte finalmente há de surgir,
e que os medas finalmente passarão.[1]

Mesmo antes de eu conhecer a história de Tio Petros, os comentários depreciativos dos irmãos, além de curiosidade, haviam despertado a minha simpatia. (A propósito, minha reação fora inversa à de meus primos, que herdaram o mesmo desprezo dos pais.) Agora que eu sabia a verdade, mesmo se tratando de uma versão altamente preconceituosa, logo promovi Tio Petros à categoria de modelo.

A primeira consequência dessa atitude foi a mudança de minha postura em relação às disciplinas de matemática, que até ali eu achava muito aborrecidas, acompanhada de uma melhora notável em meu desempenho. Quando meu pai constatou, no boletim seguinte, que as notas de Álgebra, Geometria e Trigonometria haviam disparado, ergueu a sobrance-

---

[1] Konstantinos Kaváfis, *Poemas* (tradução de José Paulo Paes), Rio de Janeiro, Nova Fronteira, 1982.

lha, perplexo, e lançou-me um olhar estranho. Talvez tenha até ficado desconfiado, mas, é claro, não pôde criar caso por isso. Ele não podia me criticar por eu ter melhorado!

No dia da comemoração dos duzentos e cinquenta anos de nascimento de Leonhard Euler pela Sociedade Helênica de Matemática, cheguei cedo ao auditório, repleto de expectativa. Embora a matemática do ensino médio não ajudasse muito a decifrar o significado preciso da palestra, seu título, "A Lógica Formal e os Fundamentos da Matemática", intrigara-me desde o início, quando li o convite. Eu conhecia "recepções formais" e "lógica simples", mas de que forma os dois conceitos se combinavam? Eu sabia que as desculpas precisam de fundamentos, mas a matemática?

Enquanto a plateia e os palestrantes tomavam seus lugares, procurei, em vão, pela figura esguia e ascética de meu tio. Conforme eu deveria ter imaginado, ele não apareceu. Eu já sabia que ele nunca aceitava convites: agora descobrira que nem para matemática abria exceções.

O primeiro palestrante, o presidente da Sociedade, mencionou seu nome, com particular deferência:

— O professor Petros Papachristos, o matemático grego célebre no mundo inteiro, não poderá, infelizmente, fazer sua breve intervenção, devido a um pequeno mal-estar.

Sorri com presunção, orgulhoso por ser o único da plateia a saber que o "pequeno mal-estar" de meu tio era diplomático, uma desculpa para proteger sua paz.

Apesar da ausência de Tio Petros, permaneci até o final do evento. Ouvi, fascinado, um breve resumo da vida do homenageado (aparentemente, Leonhard Euler fez descobertas memoráveis em quase todos os ramos da matemática). Em seguida, quando o palestrante principal tomou a palavra e começou a discorrer sobre "Os Fundamentos das Teorias Matemáticas segundo a Lógica Formal", entrei em estado de encantamento. Embora eu não compreendesse muito do que era dito, meu pensamento mergulhou na estranha felicidade de conceitos e definições desconhecidos, todos símbolos de um mundo que, apesar de misterioso, impressionara-me desde o início, quase divino em sua inexplicável sabedoria. Nomes mágicos e por mim ignorados seguiam-se uns aos outros, enfeitiçando-me com sua música sublime: o Problema do *Continuum*, Aleph, Tarski, Gottlob Frege, Raciocínio Indutivo, Programa de Hilbert, Teoria da Prova, Geometria Riemanniana, Verificabilidade e Não Verificabilidade, Provas de Consistência, Provas de Completude, Conjuntos de Conjuntos, Máquinas de Turing Universais, Autômatos de Von Neumann, Paradoxo de Russell, Álgebra Booleana... A certa altura, em meio àquelas ondas verbais inebriantes que me envolviam, pensei por um instante ter ouvido as importantes palavras "Conjectura de Goldbach"; mas antes que pudesse me concentrar, o assunto já evoluíra por novos e encantadores caminhos: Axiomas de Peano para a Aritmética, Teorema dos Números Primos, Sistemas Abertos e Fechados, Axiomas, Euclides, Euler, Cantor, Zenão, Gödel...

Paradoxalmente, a palestra sobre "Os Fundamentos das Teorias Matemáticas segundo a Lógica Formal" introduziu sua magia insidiosa em minha alma adolescente pelo simples fato de não ter revelado qualquer um dos segredos que expôs; não sei se teria produzido o mesmo efeito caso seus mistérios tivessem sido explicados em detalhe. Por fim compreendi o significado do dizer na entrada da Academia de Platão: *oudeis ageometretos eiseto*, ou seja, "Que não entrem os ignorantes em geometria". A moral daquela noite surgiu cristalina: a matemática era algo muito mais interessante que a simples resolução de equações de segundo grau ou o cálculo do volume dos sólidos, tarefas menores que realizávamos na escola. Seus profissionais viviam em um verdadeiro paraíso conceitual, um reino poético e majestoso totalmente inacessível aos *hoi polloi* não matemáticos.

A noite na Sociedade Helênica de Matemática foi decisiva. Ali, naquele momento, resolvi me tornar matemático.

No término daquele ano escolar, ganhei o prêmio de melhor desempenho em Matemática. Meu pai gabou o feito a Tio Anargyros, não deixando, claro, uma oportunidade como essa escapar! A essa altura, eu já havia concluído o penúltimo ano do ensino médio, e ficara resolvido que frequentaria a universidade nos Estados Unidos. Como o sistema de ensino norte-americano não exige que o aluno, na matrícula, declare sua principal área de interesse, eu poderia adiar, por mais alguns anos, a revelação da terrível verdade (conforme certamente seria considerada) a meu pai. (Por sorte, meus dois primos já haviam manifestado uma preferência que garantia ao negócio da família uma nova geração de administradores.) Na realidade, enganei-o durante algum tempo com uma vaga conversa sobre um projeto de estudar economia, enquanto arquitetava meu plano: uma vez matriculado na universidade, com todo o Oceano Atlântico entre mim e sua autoridade, poderia seguir meu caminho rumo ao destino.

Naquele ano, no dia da festa de São Pedro e São Paulo, não pude mais me conter. Puxei Tio Petros para o lado e, impulsivamente, falei de minha intenção.

— Tio, estou pensando em ser matemático.

Meu entusiasmo, no entanto, não foi correspondido de imediato. Tio Petros permaneceu em silêncio, impassível, os olhos fixos em meu rosto com profunda seriedade. Senti um calafrio ao perceber que aquela deveria ter sido sua aparência quando lutava para penetrar nos mistérios da Conjectura de Goldbach.

— O que é que você sabe de matemática, meu jovem? — perguntou, após uma breve pausa.

Não gostei de seu tom, mas prossegui, conforme planejado: — Eu fui o primeiro da turma, Tio Petros; recebi o prêmio da escola!

Pareceu analisar a informação durante algum tempo, encolhendo os ombros em seguida: — É uma decisão importante — observou —, que não deve ser tomada antes de uma reflexão séria. Por que você não vem aqui uma tarde e conversarmos sobre isso? Em seguida, e sem que fosse necessário, acrescentou: — É melhor você não contar nada para o seu pai. Fui alguns dias depois, logo que consegui arranjar uma boa desculpa.

Tio Petros conduziu-me até a cozinha e ofereceu-me uma bebida fresca feita com as cerejas azedas de sua árvore. Sentou-se, então, diante de mim, com um ar solene e professoral.

— Então, me diga, o que é matemática na sua *opinião*? — perguntou. A ênfase na última palavra parecia indicar que qualquer resposta que eu desse estaria fadada ao insucesso.

Despejei uma série de lugares-comuns acerca da "mais suprema das ciências" e de suas maravilhosas aplicações à eletrônica, medicina e exploração espacial.

Tio Petros franziu as sobrancelhas. — Se você está interessado em aplicações, por que não se torna engenheiro? Ou, então, físico. Eles também estão envolvidos com algum *tipo* de matemática.

Outra ênfase com significado: era óbvio que ele não tinha muita consideração por esse "tipo". Antes de me embaraçar mais, concluí que não estava preparado para enfrentá-lo como um igual, e confessei-o.

— Tio, eu não sei explicar o "porquê". Só sei que quero ser matemático; pensei que o senhor fosse entender.

Refletiu por um instante, perguntando em seguida: — Você joga xadrez?

— Mais ou menos, mas, por favor, não me peça para jogar; já sei que vou perder mesmo!

Ele sorriu. — Eu não estava sugerindo uma partida; só quero dar um exemplo que você possa entender. Veja bem, a verdadeira matemática não tem nada a ver com aplicações, nem com os procedimentos de cálculo que se aprendem na escola. Ela estuda constructos intelectuais abstratos que, pelo menos enquanto o matemático está ocupado com eles, não entram de forma alguma em contato com o mundo físico, sensível.

— Por mim, tudo bem — comentei.

— Os matemáticos — continuou — encontram nos seus estudos o mesmo prazer que os jogadores de xadrez encontram no jogo. Na verdade, a constituição psicológica do verdadeiro matemático está mais próxima à do poeta ou do compositor musical, isto é, de alguém envolvido com a criação do Belo e com a busca da Harmonia e da Perfeição. Ele é o polo oposto do homem prático, do engenheiro, do político ou do... — parou por um momento, tentando achar algo ainda mais abominável em sua escala de valores — ... do homem de negócios.

Se ele estava dizendo tudo aquilo para me desencorajar, escolhera o caminho errado.

— É isso que eu também estou procurando, Tio Petros — respondi, com entusiasmo. — Não quero ser engenheiro; não quero trabalhar no negócio da família. Quero mergulhar na *verdadeira* matemática, assim como o senhor... assim como a Conjectura de Goldbach!

Eu estragara tudo! Antes da ida para Ekali, havia decidido que qualquer referência à Conjectura durante nossa conversa deveria ser evitada, tal como o diabo. Mas em meu entusiasmo e descuido, deixara-a escapar.

Embora a expressão de Tio Petros permanecesse inalterada, um leve tremor percorreu sua mão. — Quem lhe contou sobre a Conjectura de Goldbach? — perguntou, calmo.

— Meu pai — murmurei.

— E ele disse exatamente o quê?

— Que o senhor tentou demonstrá-la.

— Só isso?

— E... e que não conseguiu.

Sua mão ficou firme novamente. — Mais nada?

— Mais nada.

— Hum. Vamos fazer um trato?

— Que tipo de trato?

— Ouça bem: para mim, na matemática, como nas artes, ou nos esportes, se você não for o melhor, você não é nada. Um engenheiro civil, um advogado ou um dentista que é meramente capaz pode, ainda assim, ter uma vida profissional criativa e recompensadora. Mas um matemático apenas medíocre — e aqui, é claro, estou me referindo apenas aos pesquisadores, não aos professores do ensino médio — é uma tragédia ambulante...

— Mas Tio — interrompi — não tenho a mínima intenção de ser "apenas medíocre". Eu quero ser o Número Um!

Ele sorriu. — Pelo menos nisso, você sem dúvida se parece comigo. Eu era ambicioso demais. Mas, veja bem, meu caro rapaz, boas intenções infelizmente não bastam. Esta área não é como muitas outras onde o esforço é sempre recompensado. Para chegar ao topo na matemática, você precisa de algo mais, da condição fundamental para o sucesso.

— E que condição é essa?

Olhou-me com perplexidade, por eu ignorar o óbvio.

— Ora, o talento! A predisposição natural na sua mais extrema manifestação. Nunca esqueça disto: *Mathematicus nascitur, non fit*, ou seja: Não se faz um matemático, ele nasce. Se você não carrega a aptidão especial nos genes, vai trabalhar a vida toda em vão para um dia acabar na mediocridade. Uma mediocridade dourada, talvez, mas, de qualquer jeito, mediocridade!

Olhei-o diretamente nos olhos.

— Qual é o trato, Tio?

Ele hesitou por um instante, como se estivesse refletindo. Disse, então: — Eu não quero ver você seguindo um rumo que o levará ao fracasso e à infelicidade. Por isso, proponho que jure se tornar matemático se, e apenas se, tiver o dom supremo. Você aceita?

Fiquei desconcertado. — Mas como é que eu vou descobrir isso, Tio?

— Você não vai, nem precisa — respondeu, com um sorrisinho manhoso. — *Eu* é que vou.

— O senhor?

— Eu mesmo. Vou lhe passar um problema, que você vai levar para casa e vai tentar resolver. Pelo seu êxito ou fracasso, poderei medir com bastante precisão o seu potencial para a grandeza matemática.

Eu estava confuso quanto ao trato proposto: odiava testes, mas adorava desafios.

— Quanto tempo eu vou ter? — perguntei.

Tio Petros considerou a questão, com os olhos semifechados.

— Hum... Digamos, até o início das aulas, dia primeiro de outubro. Você terá quase três meses.

Inexperiente, achei que em três meses poderia resolver não apenas um, mas todos os problemas matemáticos.

— Tudo *isso*?!

— Bem, o problema é difícil — observou. — Não é um daqueles que todo mundo consegue resolver, mas se tiver talento suficiente para se tornar um grande matemático, você se sairá bem. Você tem que jurar que não vai pedir ajuda a ninguém, nem vai consultar nenhum livro.

— Eu juro.

Fixou o olhar em mim. — Isso significa que você aceita o trato?

Dei um suspiro profundo. — Aceito.

Sem dizer coisa alguma, Tio Petros desapareceu por um instante, retornando com lápis e papel. Estava agora sério, falando de matemático para matemático.

— Aqui está o problema... Eu presumo que você já saiba o que é um número primo?

— Claro que sei, tio! Um número primo é um número inteiro maior do que 1 e que só pode ser dividido por ele mesmo e pela unidade. Por exemplo 2, 3, 5, 7, 11, 13, e assim por diante.

Parecia satisfeito com a precisão de minha definição. — Maravilhoso! Agora, me diga, por favor, quantos números primos existem?

De repente, senti-me perdido: — *Quantos?*

— Sim, *quantos*. Não lhe ensinaram isso na escola?

— Não.

Meu tio deu um suspiro profundo, desapontado com a baixa qualidade do ensino moderno da matemática na Grécia.

— Tudo bem, vou lhe dizer isto porque você vai precisar: os números primos são infinitos, um fato demonstrado pela primeira vez por Euclides no século III a.C. Sua demonstração é uma joia de beleza e simplicidade. Utilizando a *reductio ad absurdum*, ele parte do pressuposto de que os números primos são finitos, exatamente o contrário do que quer demonstrar. Então...

Com rápidas e vigorosas espetadelas no papel e algumas explicações, Tio Petros expôs, para meu proveito, a demonstração de nosso sábio antepassado, oferecendo, ao mesmo tempo, meu primeiro exemplo da verdadeira matemática.

— ... que, entretanto — concluiu —, é contrário à nossa hipótese inicial. Pressupor finitude leva a uma contradição; *ergo* os números primos são infinitos. *Quod erat demonstrandum.*

— Isso é fantástico, tio — observei, animado com a originalidade da demonstração. — É tão simples!

— É — suspirou Tio Petros. — Tão simples, e no entanto ninguém tinha pensado nisso antes de Euclides. Aprenda a lição que está por trás disso: às vezes as coisas parecem simples apenas em retrospecto.

Eu não estava com disposição para filosofias. — Vamos lá, tio. Formule o problema que eu tenho que resolver!

Primeiro anotou-o em um pedaço de papel, lendo-o em seguida:

— Quero que você tente demonstrar que todo número par maior que 2 é igual à soma de dois números primos.

Analisei o problema por um momento, rezando fervorosamente para que uma inspiração súbita me indicasse uma solução instantânea que deixasse meu tio surpreso. Como não surgia, entretanto, apenas comentei: — É só isso?

Tio Petros abanou o dedo em sinal de aviso: — Ah, não é tão simples assim! Para cada caso particular pode-se considerar, $4 = 2 + 2$, $6 = 3 + 3$, $8 = 3 + 5$, $10 = 3 + 7$, $12 = 7 + 5$, $14 = 7 + 7$ etc., é óbvio, embora quanto maior for o número, maior será o cálculo. No entanto, como existe uma infinidade de números pares, não é possível uma abordagem caso a caso. Você tem que achar uma demonstração geral, e isso, me parece, vai ser mais difícil do que você imagina.

Levantei-me e anunciei: — Difícil ou não, vou conseguir! Vou começar a trabalhar nisso desde já.

Enquanto me dirigia ao portão, chamou-me da janela da cozinha. — Ei! Você não vai levar o papel com o problema?

Um vento frio soprava, trazendo o perfume do solo úmido. Acho que nunca, antes ou depois daquele breve instante, senti-me tão feliz, tão cheio de promessas, expectativas e gloriosa esperança.

— Não preciso, tio — respondi. — Lembro dele perfeitamente: Todo número par maior que 2 é igual à soma de dois números primos. Volto no dia primeiro de outubro com a solução!

Eu já estava na rua quando me advertiu, sem piedade: — Não esqueça do nosso trato — gritou. — Você só poderá se tornar matemático se conseguir resolver o problema!

Um duro verão me esperava.

Por sorte, nos meses mais quentes, julho e agosto, meus pais sempre me mandavam para a casa de meu tio materno em Pilos. Isso significava que, fora do alcance de meu pai, eu pelo menos não teria o problema adicional (como se o passado por Tio Petros não fosse suficiente) de precisar conduzir meu trabalho em sigilo. Logo que cheguei a Pilos, espalhei meus papéis sobre a mesa da sala de jantar (nunca comíamos dentro de casa no verão) e avisei a meus primos que, até segunda ordem, não estaria disponível para nadar, brincar, nem ir ao cinema ao ar livre. Comecei a trabalhar no problema de manhã à noite, com o mínimo de interrupções.

Minha tia, repleta de boa vontade, intrometia-se: — Você está trabalhando demais, meu querido. Vá com calma. São férias de verão. Deixe os livros um pouco de lado. Você está aqui para descansar.

Eu, porém, estava decidido a não descansar até a vitória final. Trabalhava como um escravo naquela mesa, rabiscando folhas e folhas de papel, cercando o problema por um lado e por outro. Na maioria das vezes, quando me sentia muito cansado para recorrer ao raciocínio dedutivo abstrato, testava casos específicos, com receio de que Tio Petros tivesse preparado uma armadilha ao me pedir para demonstrar algo nitidamente falso. Após inúmeras divisões, eu havia criado uma tabela das primeiras centenas de primos (um Crivo de Eratóstenes[2] caseiro e rudimentar), os quais então comecei a somar, em todos os pares possíveis, para verificar se o princípio realmente se aplicava. Procurei em vão um número par contido dentro desse limite que não preenchesse a condição exigida: todos eles acabavam podendo ser expressos como a soma de dois primos.

A certa altura, em meados de agosto, após uma sucessão de madrugadas e incontáveis cafés gregos, pensei por algumas horas felizes que havia conseguido, que havia encontrado a solução. Enchi várias páginas com meu raciocínio e as enviei, por correio expresso, para Tio Petros.

Mal tinha desfrutado de meu triunfo quando, dias depois, o carteiro trouxe o telegrama:

---

[2] Método para localização dos números primos, criado pelo matemático grego Eratóstenes.

VOCE SO DEMONSTROU QUE TODO NUMERO PAR PODE SER
EXPRESSO COMO A SOMA DE UM PRIMO E UM IMPAR VG O
QUE E OBVIO PT

Levei uma semana para me recuperar do fracasso de minha primeira tentativa e do golpe desferido em meu orgulho. Mas me ergui e, não muito entusiasmado, retomei o trabalho, dessa vez utilizando a *reductio ad absurdum*:

— Vamos supor que existe um número par n que *não* pode ser expresso como a soma de dois primos. Então...

Quanto mais eu trabalhava no problema, mais claro ficava que ele expressava uma verdade fundamental em relação aos números inteiros, a *materia prima* do universo matemático. Logo fiquei curioso para saber a distribuição exata dos primos entre o restante dos números inteiros e o procedimento que, dado um determinado primo, conduz-nos ao próximo. Sabia que essas informações, caso eu as possuísse, seriam extremamente úteis em minha provação e, uma ou duas vezes, senti-me tentado a procurá-las em um livro. No entanto, fiel ao compromisso de não buscar ajuda externa, nunca o fiz.

Ao apresentar a demonstração euclidiana da infinidade dos primos, Tio Petros garantira ter me fornecido a única ferramenta que eu precisava para encontrar a solução. No entanto, eu não fazia progressos.

No final de setembro, alguns dias antes do início de meu último ano de escola, lá estava eu mais uma vez em Ekali, abatido e desanimado. Como Tio Petros não possuía telefone, tive que enfrentar a situação pessoalmente.

— E então? — perguntou, assim que nos sentamos, após eu ter recusado friamente uma bebida de cerejas azedas. — Resolveu o problema?

— Não — respondi. — Para falar a verdade, não.

A última coisa que eu queria naquele momento era ter que traçar o percurso de meu fracasso ou aguentar Tio Petros analisá-lo para o meu bem. Além do mais, eu não tinha a menor curiosidade de aprender a solução, a demonstração ou o princípio. O que eu queria era esquecer tudo que pudesse estar, mesmo que remotamente, relacionado com números, fossem eles pares ou ímpares, para não falar dos primos.

Mas Tio Petros não tinha intenção de me deixar escapar facilmente. — Então é isso — disse ele. — Você lembra do nosso trato, não lembra?

Achei a necessidade de confirmar oficialmente sua vitória (já que, por alguma razão, eu tinha certeza que ele via minha derrota) muito irritante. Mesmo assim, não planejava facilitar as coisas para ele, demonstrando qualquer sinal de mágoa.

— Claro que lembro, tio, e tenho certeza que o senhor também. O nosso trato era que eu não me tornaria matemático a menos que resolvesse o problema...

— Não! — interrompeu, com súbita veemência. — O trato era que a menos que resolvesse o problema você *faria um juramento* de não se tornar matemático!

Dirigi-lhe um olhar mal-humorado. — Precisamente — concordei. — E como eu não resolvi o problema...

— Você agora *vai fazer um juramento* — interrompeu pela segunda vez, completando a frase, enfatizando as palavras como se sua vida (ou melhor, a minha) dependesse daquilo.

— Claro — disse eu, tentando parecer indiferente. — Se isso deixa o senhor satisfeito, eu faço o juramento.

Seu tom de voz ficou agressivo, cruel mesmo. — Não é questão de me *satisfazer*, rapaz, mas de honrar o nosso acordo! Você vai prometer ficar para sempre longe da matemática!

Minha irritação logo se transformou em ódio profundo.

— Tudo bem, tio — afirmei, com frieza. — Eu prometo ficar para sempre longe da matemática! Feliz agora?

Porém, ao levantar-me para ir embora, ele ergueu a mão, ameaçadoramente. — Espere aí!

Com um rápido movimento tirou uma folha de papel do bolso, desdobrou-a e colocou-a na frente de meu nariz. Dizia o seguinte:

Eu, o signatário, estando em plena posse de minhas faculdades mentais, venho por meio deste prometer solenemente que, tendo sido reprovado no exame de verificação de capacidade superior para matemática e conforme acordo feito com meu tio, Petros Papachristos, jamais me matricularei em qualquer curso universitário de matemática, assim como não perseguirei uma carreira profissional na referida área.

Lancei-lhe um olhar incrédulo.

— Assine! — ordenou.

— Para que isso? — retorqui, não mais tentando esconder meus sentimentos.

— Assine — repetiu, impassível. — Trato é trato!

Deixei sua mão suspensa, segurando a caneta-tinteiro, peguei minha esferográfica e rabisquei meu nome. Antes que Tio Petros tivesse tempo para dizer mais alguma coisa, joguei-lhe o papel e saí correndo para o portão.

— Espere! — gritou, mas eu já estava do lado de fora.

Corri, corri muito, até estar a salvo de seus chamados; então parei e, ainda sem fôlego, comecei a chorar como uma criança, lágrimas de raiva, frustração e humilhação caindo por meu rosto.

* * *

Não vi nem falei com Tio Petros durante o último ano de escola, e no mês de junho seguinte inventei uma desculpa para meu pai, permanecendo em casa no dia da tradicional visita da família a Ekali.

Minha experiência do verão anterior produzira o resultado, sem dúvida, previsto e desejado por Tio Petros. Independentemente de qualquer obrigação de cumprir minha parte do "trato", eu havia perdido toda vontade de me tornar matemático. Por sorte, os efeitos colaterais de meu fracasso não foram extremos, minha rejeição não foi absoluta e meu excelente desempenho escolar continuou. Como consequência, fui admitido em uma das melhores universidades dos Estados Unidos. No momento da matrícula, optei por Economia, uma escolha a que me mantive fiel até o terceiro ano.[3] Fora os requisitos básicos, Cálculo Elementar e Álgebra Linear (por coincidência, tive A em ambos), não cursei qualquer outra disciplina de matemática nos dois primeiros anos.

A bem-sucedida (a princípio, pelo menos) manobra de Tio Petros baseara-se na aplicação do determinismo absoluto da matemática à minha vida. Ele havia corrido um risco, claro, mas bem calculado: a probabilidade de eu descobrir a natureza do problema que ele havia me passado através das disciplinas de matemática elementar lecionadas na universidade era mínima. O problema em questão pertencia à Teoria dos Números, apenas ensinada em eletivas direcionadas a graduandos em matemática. Assim, desde que me mantivesse fiel à promessa, era razoável ele supor que eu terminaria os estudos universitários (e possivelmente a vida) sem saber a verdade.

Porém, como a realidade não é tão confiável quanto a matemática, as coisas acabaram tomando outro rumo.

No primeiro dia do terceiro ano fui informado de que o Destino (quem mais poderia arranjar coincidências como essa?) determinara que eu dividisse o dormitório com Sammy Epstein, um rapaz franzino do Brooklyn famoso entre os alunos por ser um prodígio fenomenal da matemática. Sammy

---

[3] De acordo com o sistema norte-americano, o aluno pode cursar os dois primeiros anos de universidade sem ter que declarar uma área de concentração principal para obtenção do diploma; caso o faça, tem liberdade para alterar sua escolha até o início do terceiro ano.

se formaria naquele mesmo ano, aos dezessete anos de idade e, embora oficialmente ainda fosse um aluno de graduação, todas as suas disciplinas eram de pós-graduação. Na verdade, já havia começado a trabalhar em sua tese de doutoramento em Topologia Algébrica.

Convencido como estava, até aquela altura, de que as feridas de minha curta e traumática história como promessa da matemática tivessem mais ou menos sarado, fiquei contente, e até achei graça, ao saber quem era meu companheiro de quarto. Na primeira noite, enquanto jantávamos lado a lado no refeitório da universidade, para nos conhecermos melhor, disse-lhe casualmente:

— Já que você é um gênio da matemática, Sammy, tenho certeza que pode demonstrar com facilidade que todo número par maior que 2 é igual à soma de dois números primos.

Ele desatou a rir. — Se eu pudesse demonstrar *isso*, cara, não estaria aqui jantando com você; eu já seria professor. Talvez já tivesse até ganho a Medalha Fields, o Prêmio Nobel de Matemática!

Mesmo enquanto ele ainda falava, em uma revelação súbita, imaginei a terrível verdade. Sammy confirmou-a com suas palavras seguintes:

— O que você acabou de enunciar é a Conjectura de Goldbach, sabidamente um dos problemas não resolvidos mais difíceis de toda a matemática!

Minha reação passou pelas fases conhecidas como (se bem me lembro do que aprendi na disciplina elementar de Psicologia na faculdade) os Quatro Estágios do Luto: Negação, Raiva, Depressão e Aceitação.

De todos, o primeiro foi o que menos durou. — Não... não pode ser! — gaguejei, após Sammy proferir as horríveis palavras, esperando ter compreendido errado.

— Como assim "não pode ser"? — perguntou. — Pode e é! De acordo com a Conjectura de Goldbach — é esse o nome da hipótese, porque se trata apenas de uma hipótese, já que nunca foi demonstrada —, todos os números pares são iguais à soma de dois números primos. Ela foi apresentada pela primeira vez por um matemático chamado Goldbach numa carta destinada a Euler.[4] Embora tenha sido testada e comprovada até números pares enormes, ninguém ainda conseguiu chegar a uma demonstração geral.

Não ouvi as palavras seguintes de Sammy, pois já tinha passado ao estágio da Raiva:

— Velho desgraçado! — gritei em grego. — Filho da mãe! Que morra! Que apodreça no inferno!

Meu novo companheiro de quarto, totalmente perplexo por uma hipótese da Teoria dos Números provocar tamanho acesso de violenta paixão Mediterrânea, implorou-me que lhe dissesse o que estava acontecendo. Eu, porém, não estava em condição de dar explicações.

Eu tinha dezenove anos e até ali vivera protegido. Fora a única bebedeira de uísque tomada com meu pai para celebrar, "entre homens", minha formatura do ensino médio e do obrigatório gole de vinho para brindar nos casamentos dos parentes, nunca havia provado álcool. Desse modo, a grande quantidade que ingeri naquela noite em um bar próximo à universidade (comecei com cerveja, passei para *bourbon* e terminei com rum) deve ser multiplicada por um *n* ainda maior, para que se possa compreender inteiramente seu efeito.

No terceiro ou quarto copo de cerveja e ainda de posse moderada de meu juízo, escrevi para Tio Petros. Mais tarde,

---

[4] Na realidade, a carta de Christian Goldbach escrita em 1742 contém a conjectura: "todo número inteiro pode ser expresso como a soma de três números primos". No entanto, como (se isso for verdadeiro) um desses três números primos que expressam números pares será 2 (já que a soma de três números primos ímpares seria necessariamente ímpar, e 2 é o único número primo par), um corolário óbvio é que todo número par seja igual à soma de dois números primos. Ironicamente, não foi Goldbach mas Euler quem enunciou a conjectura que leva o nome do primeiro — um fato pouco conhecido, mesmo entre matemáticos.

já na fase da certeza fatalista quanto à minha morte iminente, e antes de perder a consciência, entreguei ao *barman* a carta com o endereço dele e o que restava de minha mesada, pedindo-lhe que a enviasse, realizando assim meu último desejo. A amnésia parcial que encobre os eventos daquela noite ocultou para sempre o conteúdo detalhado da carta. (Não tive força emocional para procurá-la entre os papéis de meu tio, quando, muitos anos depois, herdei seu arquivo.) Pelo pouco que consigo me lembrar, no entanto, não há praga, vulgaridade, insulto, condenação e maldição que não estivesse ali contida. O ponto principal era que ele havia destruído minha vida e como consequência, após meu retorno à Grécia, eu o mataria, mas só depois de torturá-lo das formas mais perversas que a mente humana é capaz de imaginar.

Não sei por quanto tempo permaneci inconsciente, lutando contra pesadelos distantes. Apenas no final da tarde do dia seguinte, comecei a perceber onde me encontrava. Estava em minha cama, no dormitório, e Sammy, em sua mesa, debruçado sobre os livros. Dei um gemido. Ele aproximou-se e explicou: eu fora trazido por alguns colegas que me haviam encontrado inconsciente no gramado em frente à biblioteca. Haviam me carregado até a enfermaria, onde o médico de plantão não tivera dificuldade alguma para diagnosticar meu estado. Na realidade, não precisou sequer me examinar, já que minhas roupas estavam cobertas de vômito e eu fedia a álcool.

Meu novo companheiro de quarto, preocupado naturalmente com o futuro de nossa coabitação, perguntou-me se aquele tipo de coisa acontecia com frequência. Humilhado, murmurei que aquela era a primeira vez.

— Tudo por causa da Conjectura de Goldbach — sussurrei, caindo novamente em sono profundo.

Levei dois dias para me recuperar de uma dor de cabeça excruciante. Depois disso (parece que a torrente de álcool me conduzira direto para a Raiva), entrei no estágio seguinte de meu luto: Depressão. Por dois dias e duas noites fiquei enterrado em uma poltrona na sala comum de nosso andar, observando, indiferente, as imagens em preto e branco que passavam na tela da TV.

Foi Sammy que me ajudou a sair daquela letargia autoimposta, revelando um senso de camaradagem em nada semelhante à caricatura do matemático egocêntrico e distraído. Na terceira noite após meu porre, vi-o ali em pé, olhando para mim com um ar condescendente.

— Você sabe que amanhã é o último dia para a matrícula? — perguntou, sério.

— Hum... — gemi.

— E então, você se matriculou?

Entediado, respondi que não com a cabeça.

— Você pelo menos escolheu as matérias que vai cursar?

Repeti o gesto, e ele franziu as sobrancelhas.

— Não que seja da minha conta, mas você não acha que devia se preocupar com estas questões bem mais urgentes, em vez de ficar sentado aí o dia todo olhando para essa máquina idiotizante?

Como Sammy mais tarde admitiria, não foi o mero impulso de ver um colega em crise que o sensibilizou; a curiosidade para descobrir a ligação entre seu novo companheiro de quarto e o famoso problema matemático era irresistível. Uma coisa é certa: independentemente de seus motivos, a longa conversa que tive com Sammy naquela noite fez toda diferença para mim. Sem sua compreensão e seu apoio, eu não teria conseguido atravessar a linha crucial. E, o que talvez seja mais importante: é bem pouco provável que eu tivesse perdoado Tio Petros.

Iniciamos a conversa no refeitório, durante o jantar, e continuamos noite adentro no quarto, tomando café. Contei-lhe tudo: sobre minha família, meu fascínio desde cedo pela figura distante de Tio Petros e minhas gradativas descobertas de suas realizações, seu talento para o xadrez, seus livros, o convite da Sociedade Helênica de Matemática e o magistério em Munique. Sobre o breve resumo de sua vida feito por meu pai, seus sucessos precoces e o misterioso (para mim, pelo menos) papel da Conjectura de Goldbach em seu triste fracasso posterior. Falei de minha decisão inicial quanto a estudar matemática e da conversa com Tio Petros naquela tarde de verão, três anos atrás, na cozinha em Ekali. Finalmente, descrevi nosso "trato".

Sammy ouviu sem interromper uma vez sequer, os olhos pequenos e fundos prestando atenção. Apenas quando cheguei ao final de minha narrativa e apresentei o problema que meu tio mandara resolver, a fim de avaliar meu potencial para a grandeza matemática, é que ele, tomado por uma fúria súbita, explodiu.

— Que cretino! — gritou.

— Concordo plenamente — observei.

— O cara é um sádico — prosseguiu Sammy. — Ele é um louco criminoso! Só uma mente pervertida poderia fazer um garoto perder as férias de verão tentando resolver a Conjectura de Goldbach, e ainda por cima com a ilusão de que estava recebendo um simples desafio. Que animal!

A culpa pela utilização do vocabulário pesado na delirante carta enviada a Tio Petros levou-me por um instante a tentar defendê-lo e a encontrar uma desculpa lógica para seu comportamento.

— Talvez a intenção dele não fosse das piores — murmurei. — Talvez achasse que estava me protegendo de uma desilusão maior.

— Com que *direito*? — perguntou Sammy em voz alta, dando um murro em minha escrivaninha. (Ao contrário de mim, ele crescera em uma sociedade onde, em regra, não era esperado que as crianças se conformassem às expectativas dos pais e dos mais velhos.) — Todo mundo tem o direito de se expor às desilusões que quiser — disse com fervor. — Além do mais, que conversa fiada é essa de "ser o melhor" e de "mediocridades douradas" e não sei mais o quê. Você podia ter sido um grande... Sammy parou no meio da frase, a boca aberta de surpresa. — Espera aí, por que é que estou usando o verbo no passado? — indagou, radiante. — Você *ainda pode ser* um grande matemático!

Olhei para cima, admirado. — Do que é que você está falando, Sammy? Agora é tarde demais, você sabe disso!

— Não é mesmo! O último dia para fazer a opção de área é amanhã!

— Não é isso que eu quero dizer. Já perdi tanto tempo fazendo outras coisas e...

— Besteira — afirmou com determinação. — Se você se esforçar, pode compensar o tempo perdido. O importante é que você recupere o entusiasmo, a paixão que tinha pela matemática antes dela ter sido vergonhosamente destruída pelo seu tio. Acredite, é possível, e eu vou ajudar você a conseguir!

Começava a amanhecer e chegara o momento do quarto e último estágio que completava o processo de luto: Aceitação. O ciclo se fechara. Retomaria minha vida de onde a havia deixado quando Tio Petros, através da terrível peça que me pregara, desviara-me do que até ali eu ainda considerava meu verdadeiro destino.

Sammy e eu tomamos um apetitoso café da manhã no refeitório, sentando-nos em seguida com a lista de disciplinas oferecidas pelo Departamento de Matemática. Ele explicou o conteúdo de cada uma delas, como se fosse um *maître* apresentando os pratos do menu. Fiz anotações, e no início da tarde dirigi-me ao local de matrícula, onde preenchi minha seleção de disciplinas para o semestre que começava: Introdução à Análise, Introdução à Analise Complexa, Introdução à Álgebra Moderna e Topologia Geral.

Naturalmente, também declarei minha nova área de concentração principal: Matemática.

Alguns dias após o início das aulas, durante a fase mais difícil de meus esforços para me adaptar à nova rotina, chegou um telegrama de Tio Petros. Quando recebi o aviso, não tive dúvidas quanto à identidade do remetente e pensei até em não reclamá-lo. No entanto, a curiosidade acabou por prevalecer.

Apostei comigo mesmo: ou ele estava tentando se defender, ou estava simplesmente me repreendendo pelo tom da minha carta. Optei pela segunda e perdi. Ele escreveu:

ENTENDO PERFEITAMENTE SUA REACAO PT PARA ENTENDER
MEU COMPORTAMENTO PROCURE SE FAMILIARIZAR COM O
TEOREMA DA INCOMPLETUDE DE KURT GODEL PT

Naquela época eu não tinha ideia do que era o Teorema da Incompletude, de Kurt Gödel. Também não estava interessado em descobrir: saber os teoremas de Lagrange, Cauchy, Fatou, Bolzano, Weierstrass, Heine, Borel, Lebesgue, Tychonoff, entre outros, para minhas várias disciplinas já era difícil o bastante. De qualquer forma, agora eu começava a aceitar a opinião de Sammy de que o comportamento de Tio Petros em relação a mim apresentava sinais claros de insanidade. A última mensagem confirmava isso: ele estava tentando justificar o tratamento desprezível a mim dispensado por meio de um teorema matemático! As obsessões daquele velho mesquinho não mais me interessavam.

Não mencionei o telegrama a meu companheiro de quarto, nem pensei mais na questão.

* * *

Passei aquelas férias de Natal estudando com Sammy na Biblioteca de Matemática.[5]

---

[5] O objetivo principal desta narrativa não é autobiográfico, portan-

A véspera de ano-novo foi comemorada com ele e sua família, na casa do Brooklyn. Havíamos bebido e nos sentíamos bastante alegres quando meu companheiro de quarto me levou para um canto sossegado.

— Será que você consegue falar um pouco sobre o seu tio? — perguntou. Desde aquela primeira sessão, que durara toda a noite, o assunto nunca mais surgira, como se um acordo tácito vigorasse entre nós.

— Claro que consigo — respondi, dando uma risada. — Mas o que mais você quer saber?

Sammy tirou uma folha de papel do bolso e a desdobrou.

— Há algum tempo venho fazendo uma pesquisa detalhada sobre o assunto — informou.

Fiquei surpreso. — Que tipo de "pesquisa detalhada"?

— Ah, não fique achando que é alguma coisa errada; a maioria são dados bibliográficos.

— E daí?

— Daí que cheguei à conclusão de que o seu querido Tio Petros é uma fraude!

— Uma *fraude*? — Essa era a última coisa que eu esperaria ouvir sobre ele e, como a voz do sangue fala mais alto, imediatamente saí em sua defesa.

— Como é que você pode dizer isso, Sammy? É fato comprovado que ele foi professor de Análise na Universidade de Munique. Ele não é uma fraude!

Sammy explicou: — Consultei os índices bibliográficos de todos os artigos publicados em periódicos de matemática neste século. Encontrei apenas três itens com o nome dele, e nada, nem *uma palavra sequer*, sobre a Conjectura de Goldbach ou mesmo algo remotamente relacionado a ela!

---

to não irei maçar o leitor com detalhes de meu progresso matemático. (Apenas para satisfazer os curiosos, poderia resumi-lo como "lento mas constante".) Daqui para frente, minha própria história será mencionada apenas na medida em que for relevante à de Tio Petros.

Eu não conseguia entender como aquilo levava à acusação de fraude. — O que há de estranho nisso? O meu tio é o primeiro a admitir que não conseguiu demonstrar a Conjectura: não havia nada para ser publicado. Eu acho tudo perfeitamente compreensível!

Sammy sorriu condescendentemente.

— Isso é porque você não sabe qual é a coisa mais importante em pesquisa — retorquiu. — Sabe o que o grande David Hilbert respondeu quando os seus colegas lhe perguntaram por que é que nunca tinha tentado demonstrar o chamado "Último Teorema de Fermat", outro famoso problema não resolvido?

— Não, não sei. Me esclareça.

— Ele respondeu: "Por que eu mataria a galinha dos ovos de ouro?". O que ele quis dizer foi que quando matemáticos importantes tentam resolver problemas importantes, muita matemática importante — os chamados "resultados intermediários" — nasce, e isso acontece mesmo que o problema inicial continue sem solução. Só para dar um exemplo que você possa entender, a área da Teoria dos Grupos Finitos surgiu como resultado das tentativas de Évariste Galois de resolver a equação de quinto grau na sua forma geral...

O raciocínio de Sammy baseava-se no seguinte: não era possível que um matemático profissional de primeira linha, como tudo indicava que Tio Petros fora na juventude, pudesse ter passado a vida inteira lutando contra um problema importante como a Conjectura de Goldbach sem descobrir, ao longo do percurso, *um único* resultado intermediário relevante. Porém, como nunca publicara coisa alguma, éramos obrigados a concluir (aqui Sammy estava aplicando uma forma da *reductio ad absurdum*) que ele estava mentindo: nunca havia tentado demonstrar a Conjectura de Goldbach.

— Mas por que é que ele contaria uma mentira dessas? — perguntei a meu amigo, perplexo.

— Ah, é bem provável que ele tenha inventado a história da Conjectura de Goldbach para justificar a sua inatividade matemática: é por isso que eu usei um termo tão forte, "fraude". Esse é um problema reconhecidamente tão difícil que se ele não conseguisse resolver, ninguém poderia acusá-lo de ter fracassado.

— Mas isso é um absurdo — protestei. — A matemática era a vida de Tio Petros, o seu único interesse, a sua única paixão! Por que ele iria querer abandoná-la e ter que arranjar uma desculpa para a sua inatividade? Não faz sentido!

Sammy sacudiu a cabeça, discordando. — Eu temo que a explicação seja um pouco deprimente. Um distinto professor do nosso departamento, com quem discuti o caso, foi que a sugeriu. — Ele deve ter percebido os sinais de consternação em meu rosto, pois apressou-se em acrescentar: — ... sem tocar no nome do seu tio, claro!

Sammy esboçou então a teoria do "distinto professor":

— É bem provável que, em algum momento no início da carreira, o seu tio tenha perdido a capacidade intelectual ou mesmo a vontade (talvez até os dois) de trabalhar com matemática. Infelizmente, isso acontece muito com pessoas que começam cedo. Exaustão e esgotamento são o destino de vários gênios precoces...

A angustiante ideia de que o mesmo triste destino pudesse, um dia, também lhe estar reservado obviamente passara pela cabeça de Sammy — a conclusão foi dita em tom solene, melancólico até:

— Não é que o coitado do seu Tio Petros, a partir de um determinado momento, não quisesse mais trabalhar com matemática: é que ele *não conseguia* mais.

Depois da conversa com Sammy na véspera de ano-novo, minha postura em relação a Tio Petros mudou mais uma vez. A raiva que eu sentira ao perceber que ele astuciosamente me induzira a tentar demonstrar a Conjectura de Goldbach dera já lugar a sentimentos mais caridosos. Agora, uma certa dose de compaixão fora acrescentada: como deve ter sido terrível para ele se, após um início tão brilhante, começou de repente a sentir seu grande dom, sua única força na vida, sua única alegria, abandonando-o. Pobre Tio Petros!

Quanto mais eu pensava em tudo aquilo, mais aborrecido ficava com o "distinto professor" anônimo que era capaz de proferir acusações injuriosas contra alguém que sequer conhecia, na total ausência de informações. Com Sammy, também. Como podia acusar meu tio de ser uma "fraude" com tanta tranquilidade?

Acabei decidindo que Tio Petros tinha o direito de se defender e de refutar tanto as generalizações pobres e niveladoras dos irmãos ("um desses fracassados da vida" etc.), quanto as análises condescendentes do "distinto professor" e do gênio arrogante Sammy. Era chegada a hora do réu se pronunciar. Desnecessário dizer que a pessoa mais bem qualificada para ouvir seus argumentos era ninguém menos que eu, a vítima e o parente mais próximo. Afinal, ele me devia isso.

Precisava me preparar.

Embora tivesse rasgado o telegrama em mil pedaços, eu não esquecera seu conteúdo. Meu tio recomendara-me que aprendesse o Teorema da Incompletude, de Kurt Gödel; de alguma forma insondável, a explicação para seu desprezível comportamento em relação a mim residia ali. (Mesmo não tendo a menor noção do que fosse o Teorema da Incompletude, não gostava de seu efeito sonoro: a partícula negativa "in-" tinha muito peso; o vazio a que aludia parecia ter implicações metafóricas.)

Na primeira oportunidade, que surgiu quando eu escolhia as disciplinas de matemática para o semestre seguinte, perguntei a Sammy, com cuidado para que não suspeitasse que minha questão estava relacionada a Tio Petros: — Você por acaso já ouviu falar do Teorema da Incompletude, de Kurt Gödel?

Sammy jogou os braços ao ar, em um exagero cômico.

— Olha só! — exclamou. — Ele está me perguntando se por acaso já ouvi falar do Teorema da Incompletude, de Kurt Gödel!

— Pertence a que ramo? Topologia?

Sammy olhou-me horrorizado. — O Teorema da *Incompletude*? À Lógica Matemática, seu ignorante!

— Ah, deixe de gozação e me fale dele. O que ele diz?

Ele passou a explicar, em linhas gerais, o conteúdo da grande descoberta de Gödel. Começou em Euclides e sua visão da construção sólida das teorias matemáticas, partindo dos axiomas como fundamentos e continuando, com as ferramentas da indução lógica rigorosa, até os teoremas. Depois, deu um salto de vinte e dois séculos para falar do "Segundo Problema de Hilbert" e mencionou por alto o essencial dos *Principia Mathematica*,[6] de Russell e Whitehead, terminando com o Teorema da Incompletude propriamente dito, o qual explicou da forma mais simples que podia.

— Mas isso é possível? — perguntei-lhe com os olhos arregalados, após ele terminar.

— É mais do que possível, — respondeu Sammy — é *fato* comprovado!

---

[6] *Principia Mathematica*: obra monumental dos lógicos Russell e Whitehead, publicada pela primeira vez em 1910, na qual tentam empreender a gigantesca tarefa de alicerçar o edifício das teorias matemáticas nos sólidos fundamentos da lógica.

DOIS

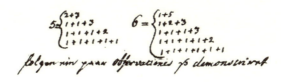

No segundo dia após minha chegada à Grécia para as férias de verão, fui a Ekali. Eu já havia combinado o encontro por carta, pois não queria pegar Tio Petros desprevenido. Continuando com a analogia judicial, eu lhe concedera bastante tempo para preparar sua defesa.

Cheguei à hora marcada e nos sentamos no jardim.

— E então, predileto dos sobrinhos — (era a primeira vez que me chamava assim) —, que novidades você traz do Novo Mundo?

Se ele pensava que eu o deixaria fingir que aquela era uma simples ocasião social, uma visita do sobrinho zeloso ao tio protetor, estava muito enganado.

— E então, tio — respondi agressivamente —, vou me formar daqui a um ano e já estou me preparando para entrar na pós-graduação. Seu plano falhou. Quer o senhor queira, quer não, vou ser matemático.

Ele encolheu os ombros, enquanto erguia as palmas das mãos para o céu em um gesto de inevitabilidade.

— "Ninguém foge de seu destino"— entoou. — Você disse para o seu pai? Ele está satisfeito?

— Por que esse súbito interesse pelo meu pai? — perguntei, com rispidez. — Foi ele que incitou o senhor a fazer o nosso chamado "trato"? Foi ele que teve a ideia perversa de medir quanto eu valia através da resolução da Conjectura de Goldbach? Ou o senhor se sente tão em dívida com ele por ter sido sustentado todos esses anos que quis lhe pagar infernizando a vida do seu filho presunçoso?

Tio Petros ouviu tudo com a expressão inalterada.

— Eu compreendo que esteja zangado — disse ele. — Mesmo assim você tem que tentar entender. Embora o meu método realmente fosse questionável, os motivos eram puros como a neve.

Ri, com desdém: — Não tem nada de puro em deixar o seu fracasso determinar a *minha* vida!

Ele suspirou: — Você tem tempo?

— O quanto for preciso.

— E está bem sentado?

— Muito bem.

— Então, ouça a minha história. Ouça e julgue você mesmo.

* * *

A História de Petros Papachristos

Não posso fingir que me lembro, ao escrever agora, das expressões e frases exatas utilizadas por meu tio naquela tarde de verão, tantos anos atrás. Por uma questão de fidelidade e coerência, preferi recriar sua narrativa em terceira pessoa. Quando a memória me falhou, consultei o que ainda resta de sua correspondência com a família e colegas matemáticos, assim como os grossos volumes em couro dos diários pessoais nos quais registrava os avanços em sua pesquisa.

Petros Papachristos nasceu em Atenas, em novembro de 1895. Viveu seus primeiros anos praticamente isolado, o primogênito de um bem-sucedido homem de negócios cuja única preocupação era o trabalho e de uma dona de casa cuja única preocupação era o marido.

Grandes amores muitas vezes nascem da solidão, o que parece ter sido totalmente verdade no caso de meu tio e sua relação com os números durante toda vida. Descobriu seu talento particular para o cálculo muito cedo e não tardou para que este, na falta de outras diversões emocionais, se transformasse em uma verdadeira paixão. Ainda muito pequeno, preenchia as horas vazias efetuando complicadas operações aritméticas, a maioria mentalmente. Quando seus dois irmãozinhos chegaram, trazendo animação para aquela casa, ele já estava tão comprometido com sua vocação que mudança alguma na dinâmica familiar poderia distraí-lo. A escola de Petros, uma instituição religiosa dirigida por jesuítas franceses, mantinha a brilhante tradição da Ordem em matemática. Irmão Nicolas, seu primeiro professor, logo percebeu a inclinação do garoto e o tomou sob sua proteção. Com sua orientação, o rapaz começou a dominar assuntos que estavam muito além da capacidade de seus colegas de classe. Como a maior parte dos matemáticos jesuítas, Irmão Nicolas especializara-se em geometria clássica (já ultrapassada naquela época). Passava o tempo elaborando exercícios que, embora geralmente criativos e sempre dificílimos, não apresentavam grande interesse matemático. Petros resolvia-os, assim como todos os outros retirados dos livros de matemática dos jesuítas, com uma facilidade assombrosa.

No entanto, desde o início, sua paixão residia na Teoria dos Números, uma área pouco familiar aos irmãos. O inegável talento, aliado à prática constante desde os primeiros anos de vida, resultara em uma habilidade quase sobrenatural.

Quando soube que todo número inteiro positivo pode ser expresso como a soma de quatro quadrados, Petros, então com onze anos, deixou os irmãos espantados ao decompor todo número que lhe era sugerido em poucos segundos.

— Como fica 99, Pierre? — perguntavam.

— Noventa e nove é igual a 8^2 mais 5^2 mais 3^2 mais 1^2 — respondia.

— E 290?

— Duzentos e noventa é igual a 12^2 mais 9^2 mais 7^2 mais 4^2.

— Mas como é que você consegue fazer isso tão rápido?

Petros descrevia um método que lhe parecia óbvio, mas que para os professores era difícil de ser entendido e impossível de ser aplicado sem lápis, papel e tempo suficiente. O procedimento era baseado em saltos da lógica que suprimiam cálculos intermediários, uma prova clara de que a intuição matemática do garoto já havia atingido um nível extraordinário.

Depois de ensinar-lhe quase tudo o que sabiam, quando Petros estava com cerca de quinze anos, os irmãos se sentiram incapazes de responder ao fluxo constante de questões matemáticas levantadas pelo talentoso aluno. Foi então que o diretor procurou seu pai. *Père* Papachristos talvez não tivesse muito tempo para os filhos, mas sabia de seu dever em relação à Igreja Ortodoxa Grega. Matriculara o filho mais velho em uma escola dirigida por estrangeiros cismáticos devido ao prestígio que a instituição tinha junto à elite social a que ele aspirava pertencer.

Porém, diante da proposta do diretor de enviar o filho para um mosteiro na França, a fim de desenvolver ainda mais seu talento matemático, ele logo adotou uma postura proselitista.

— Esses papistas desgraçados querem pegar o meu filho — pensou.

De qualquer forma, apesar de sua pouca instrução, o velho Papachristos não era ingênuo. Sabendo, por experiência própria, que é mais fácil ser bem-sucedido na área para a qual se possui um dom inato, não desejava colocar obstáculos no percurso natural do filho. Consultou as fontes certas e foi informado da existência, na Alemanha, de um grande matemático que por coincidência também pertencia à Igreja Ortodoxa Grega, o renomado professor Constantin Carathéodory. Imediatamente lhe escreveu solicitando um encontro.

Pai e filho viajaram juntos para Berlim, onde Carathéodory os recebeu em seu gabinete na universidade, vestido como um banqueiro. Após uma breve conversa com o pai, pediu para ficar a sós com o filho. Conduziu-o até o quadro, deu-lhe um pedaço de giz e o interrogou. Petros resolveu integrais, calculou valores de séries, demonstrou a validade de enunciados, tudo muito rapidamente. Uma vez terminado o teste, o rapaz começou a relatar as próprias descobertas: construções geométricas elaboradas, identidades algébricas complexas e, especialmente, observações relativas às propriedades dos números inteiros. Uma delas era a seguinte:

— Todo número par maior que 2 pode ser expresso como a soma de dois números primos.

— Você não pode demonstrar isso — disse o célebre matemático.

— Ainda não — admitiu Petros —, embora eu tenha a certeza de que é uma regra geral. Já testei até 10.000!

— E quanto à distribuição dos números primos? — perguntou Carathéodory. — Você consegue imaginar uma forma de calcular quantos primos menores que um dado número n existem?

— Não — respondeu Petros. — Mas quando n se aproxima do infinito, a quantidade fica muito próxima da sua razão pelo logaritmo natural.

Carathéodory ficou pasmo. — Você deve ter lido isso em algum lugar!

— Não, senhor, apenas parece uma extrapolação razoável das minhas tabelas. Além do mais, os únicos livros da minha escola são de geometria.

A expressão severa do professor dera agora lugar a um sorriso radiante. Chamou o pai de Petros e disse-lhe que submeter o filho a mais dois anos de ensino médio seria uma perda total de um tempo precioso. Negar a seu garoto extraordinariamente talentoso o melhor que a educação matemática tinha a oferecer equivaleria, afirmou, a "uma negligência criminosa". Carathéodory tomaria as providências necessárias para que Petros fosse imediatamente admitido na universidade, caso seu responsável legal assim o permitisse, claro.

Meu pobre avô não teve escolha: não queria cometer um crime, em especial contra seu primogênito.

* * *

As providências foram tomadas e, poucos meses depois, Petros retornou a Berlim, onde se hospedou na casa de um parceiro comercial do pai, em Charlottenburg.

Durante os meses que antecederam o início do ano acadêmico seguinte, a filha mais velha da família, Isolde, de dezoito anos, comprometeu-se a ajudar o jovem hóspede estrangeiro com a língua alemã. Por ser verão, as aulas particulares eram geralmente ministradas em cantos escondidos do jardim. Quando o tempo arrefeceu, recordou Tio Petros com um sorriso suave, "a instrução continuou na cama".

Isolde foi o primeiro e (a julgar por sua narrativa) único amor de meu tio. O romance foi curto e desenrolou-se em segredo total. Os encontros ocorriam em horários irregulares e locais improváveis, ao meio-dia, à meia-noite ou ao amanhecer, nos arbustos, no sótão ou na adega, quando e onde a oportunidade de não serem vistos surgia: se o pai dela descobrisse, mataria o jovem amante com as próprias mãos, avisara a moça várias vezes.

Durante algum tempo, Petros ficou totalmente desorientado pelo amor. Tornou-se indiferente a tudo que não fosse sua amada, ao ponto de Carathéodory duvidar da avaliação inicial que fizera acerca do potencial do rapaz. Mas após alguns meses de felicidade sinuosa ("infelizmente, muito poucos", observou meu tio, com um suspiro), Isolde deixou a casa da família e os braços de seu amante-menino para se casar com um vistoso tenente da artilharia prussiana.

Petros, é claro, ficou inconsolável.

Se a intensidade de sua paixão de criança pelos números foi, em parte, uma compensação pela falta de carinho familiar, a imersão na matemática mais avançada, na Universidade de Berlim, deveu-se, em muito, à perda de sua amada. Quanto mais se aprofundava no oceano sem fim de conceitos abstratos e símbolos arcanos, mais se afastava das doces e torturantes lembranças da "querida Isolde". Na realidade, em sua ausência ela se tornara "de muito mais utilidade" (palavras dele). Quando se deitaram pela primeira vez na cama dela (quando ela o *jogou* pela primeira vez na cama dela, para ser mas preciso), Isolde murmurou suavemente em seu ouvido que o que a atraía nele era sua fama de *wunderkind*, de geniozinho. Agora, Petros decidira que para reconquistar seu coração não poderia haver meias medidas. Para impressioná-la quando fosse mais velho, teria que realizar extraordinários feitos intelectuais, nada inferior a se tornar um Grande Matemático.

Mas como alguém se torna um Grande Matemático? Simples: resolvendo um Grande Problema Matemático!

— Qual é o problema mais difícil da matemática, professor? — perguntou a Carathéodory no encontro seguinte, tentando aparentar mera curiosidade acadêmica.

— Vou lhe dar os três competidores principais — respondeu o erudito, após um instante de hesitação. — A Hipótese de Riemann, o Último Teorema de Fermat e por fim, mas não menos importante, a Conjectura de Goldbach, a prova de que todo número par é igual à soma de dois primos, um dos grandes problemas não resolvidos da Teoria dos Números.

Embora ainda não fosse de modo algum uma decisão firme, a primeira semente do sonho de, um dia, demonstrar a Conjectura fora aparentemente plantada em seu coração por aquela breve conversa. O fato de ela expressar uma observação que ele próprio fizera muito antes de sequer ter ouvido falar em Goldbach ou Euler aproximava-o do problema. Sua formulação atraíra-o desde o início. A combinação de simplicidade aparente e notória dificuldade apontava, com certeza, para uma verdade profunda.

No momento, porém, Carathéodory não dava a Petros tempo para fantasiar.

— Antes que possa começar uma pesquisa original — disse-lhe de forma bem direta — você tem que adquirir um arsenal poderoso. Você tem que dominar com perfeição todas as ferramentas do matemático moderno, nos vários ramos: Análise, Análise Complexa, Topologia e Álgebra.

Mesmo para um jovem com seu extraordinário talento, esse domínio requeria tempo e dedicação absoluta.

Após a formatura de Petros, Carathéodory destacou para sua tese de doutoramento um problema da teoria das equações diferenciais. Ele surpreendeu o mestre ao completar o trabalho em menos de um ano, e com um sucesso espetacular. O método para resolução de uma variedade particular de equações apresentado em sua tese (a partir dali, o "Método de Papachristos") garantiu-lhe aclamação imediata, dada sua utilidade para a resolução de certos problemas da física. No entanto, e aqui cito Petros diretamente, "não possuía qualquer interesse matemático específico, um simples cálculo do tipo conta de mercearia".

Petros obteve seu doutorado em 1916. Logo a seguir, seu pai, preocupado com a iminente entrada da Grécia no tumulto da Grande Guerra, enviou-o por algum tempo para a neutra Suíça. Em Zurique, por fim senhor de seu destino, Petros voltou-se para seu primeiro e constante amor: os Números.

Frequentou uma disciplina avançada na universidade, assistiu a palestras e seminários, e passou o restante do tempo na biblioteca, devorando livros e periódicos eruditos. Rapidamente percebeu que para avançar o mais rápido possível em direção às fronteiras do conhecimento, teria que viajar. Nessa época, os três matemáticos que realizavam um trabalho de nível internacional em Teoria dos Números eram os ingleses G. H. Hardy e J. E. Littlewood, e o extraordinário gênio autodidata indiano Srinivasa Ramanujan. Os três estavam no Trinity College, em Cambridge.

A guerra havia dividido a Europa, ficando a Inglaterra quase isolada do continente devido à presença de submarinos alemães de patrulha. Contudo, o intenso desejo de Petros, sua total indiferença quanto ao perigo existente e suas posses mais que amplas logo o conduziram a seu destino.

— Quando cheguei à Inglaterra ainda era um principiante — contou ele. — Mas quando saí, três anos depois, era um especialista em teoria dos números.

De fato, o tempo passado em Cambridge foi fundamental para os longos e difíceis anos que se seguiram. Ele não possuía nenhum cargo acadêmico oficial, mas sua situação financeira — ou melhor, de seu pai — permitia-lhe dar-se ao luxo de sobreviver sem um. Instalou-se em uma pequena pensão junto ao albergue Bishop, onde na época Srinivasa Ramanujan estava hospedado. Não tardou até que ficassem amigos e passassem a assistir juntos às aulas de G. H. Hardy.

Hardy personificava o protótipo do moderno pesquisador matemático. Um verdadeiro mestre em seu ofício, ele abordava a Teoria dos Números com uma clareza brilhante, utilizando os mais sofisticados métodos matemáticos para tratar seus problemas centrais, muitos dos quais eram, como a Conjectura de Goldbach, simples só na aparência. Nas aulas dele, Petros aprendeu as técnicas que acabariam por ser necessárias a seu trabalho e começou a desenvolver a profunda intuição matemática indispensável à pesquisa avançada. Era um aprendiz rápido, e logo passou a mapear o labirinto no qual estava destinado a entrar.

No entanto, embora Hardy tenha sido crucial para seu desenvolvimento matemático, foi o contato com Ramanujan que lhe deu inspiração.

— Ah, ele era um fenômeno único — declarou Petros, com um suspiro. — Como Hardy costumava dizer, em se tratando de capacidade matemática, Ramanujan estava no zênite absoluto; era feito do mesmo material de Arquimedes, Newton e Gauss. Talvez até os superasse. Entretanto, a ausência quase completa de instrução matemática formal durante seus anos de crescimento havia-o condenado a realizar, em termos práticos, apenas uma fração mínima de sua genialidade. Observar Ramanujan trabalhando com matemática era uma experiência humilhante. Espanto e assombro eram as únicas reações possíveis à sua capacidade sobrenatural de conceber, em súbitos momentos de epifania, as mais inconcebíveis identidades e fórmulas complexas. (Para grande frustração do ultrarracional Hardy, Ramanujan afirmava com frequência que sua amada deusa hindu Namakiri as revelara em sonho). A inevitável pergunta surgia: se a pobreza extrema em que nascera não o tivesse privado da educação concedida ao estudante ocidental médio e bem-alimentado, que alturas não poderia ele ter atingido?

Um dia, Petros mencionou-lhe timidamente o assunto da Conjectura de Goldbach. Mediu suas palavras, pois temia despertar o interesse de Ramanujan para o problema.

A resposta do gênio indiano foi uma surpresa desagradável. — Sabe, eu tenho o pressentimento de que a Conjectura talvez não se aplique a alguns números muito grandes.

Petros ficou estupefato. Seria aquilo possível? Vindo de Ramanujan, o comentário tinha de ser levado a sério. Na primeira oportunidade, após uma aula, aproximou-se de Hardy e repetiu a observação, tentando parecer um tanto *blasé*.

Hardy deu um sorrisinho manhoso e disse: — O velho e bom Ramanujan é conhecido pelos seus maravilhosos "pressentimentos", e seus poderes intuitivos são fenomenais. Mesmo assim, ao contrário de Sua Santidade o Papa, ele não reivindica o direito à infalibilidade.

Em seguida, Hardy mirou Petros, com um brilho de ironia no olhar. — Mas diga, meu caro, por que esse súbito interesse pela Conjectura de Goldbach?

Petros murmurou uma banalidade acerca de seu "interesse geral pela questão", perguntando em seguida, da forma mais inocente possível: — Tem alguém trabalhando nela?

— Você quer dizer tentando demonstrá-la? — indagou Hardy. — Ora, não... Tentar fazê-lo diretamente seria uma tolice sem cabimento!

O aviso não o assustou; muito pelo contrário, indicou o rumo que deveria tomar. O significado das palavras de Hardy era claro: a abordagem direta, chamada "elementar", do problema estava condenada ao fracasso. O caminho correto residia no método indireto, denominado "analítico", que, devido ao grande e recente sucesso obtido com sua aplicação pelos matemáticos Hadamard e De La Vallée-Poussin, tornara-se *très à la mode* em Teoria dos Números. Em pouco tempo, Petros estava totalmente mergulhado no estudo do referido método.

Houve um período, em Cambridge, antes que tomasse a decisão final acerca do projeto de sua vida, em que Petros pensou em dedicar suas energias a um outro problema. Tal surgiu como resultado da inesperada entrada no círculo íntimo de Hardy, Littlewood e Ramanujan.

Durante aqueles anos de guerra, J. E. Littlewood não passava muito tempo na universidade. Aparecia de vez em quando para uma aula ou encontro raro, desaparecendo em seguida para Deus sabe onde, uma aura de mistério envolvendo suas atividades. Petros ainda não o conhecia pessoalmente e por isso ficou bastante surpreso quando, um dia, no início de 1917, Littlewood o procurou na pensão.

— Você é Petros Papachristos, de Berlim? — perguntou, após um aperto de mão e um sorriso cauteloso. — O aluno de Constantin Carathéodory?

— Sou eu, sim — respondeu Petros, perplexo.

Littlewood parecia um pouco inquieto ao explicar: naquela época era responsável por uma equipe de cientistas que realizavam pesquisa balística para a Artilharia Real como parte do esforço de guerra. O serviço de informações militares os havia alertado para o fato de que a grande precisão de fogo do inimigo na frente ocidental devia-se muito provavelmente a uma técnica de cálculo recente e inovadora, conhecida como "Método de Papachristos".

— Tenho certeza de que você não se importaria de compartilhar a sua descoberta com o Governo de Sua Majestade, meu caro — conclui Littlewood. — Afinal de contas, a Grécia está do nosso lado.

A princípio Petros ficou aflito, com medo de ser obrigado a perder tempo precioso com problemas que não lhe interessavam mais. Tal, no entanto, não aconteceu. Sua tese, que por sorte estava em sua posse, continha matemática mais que suficiente para as necessidades da Artilharia Real. Littlewood ficou duplamente satisfeito, pois o Método de Papachristos, além da utilidade imediata para o esforço de guerra, diminuía bastante sua própria carga de trabalho, dando-lhe mais tempo para se dedicar a seus interesses matemáticos principais.

Assim, ao invés de desviá-lo, o sucesso inicial de Petros com equações diferenciais promoveu sua entrada em uma das parcerias mais célebres da história da matemática. Littlewood ficou encantado ao saber que o coração de seu talentoso colega grego pertencia, tal como o seu, à Teoria dos Números, e logo o convidou para acompanhá-lo em uma visita aos aposentos de Hardy. Os três conversaram horas a fio sobre matemática. Durante esse encontro, e todos os subsequentes, tanto Littlewood como Petros evitaram fazer qualquer tipo de referência ao que os havia aproximado; Hardy era um pacifista fanático e se opunha com veemência à utilização de descobertas científicas na indústria bélica.

Com o Armistício, Littlewood retornou à universidade em horário integral e convidou Petros a colaborar em um artigo que ele e Hardy haviam começado a escrever com Ramanujan. (O pobre rapaz estava agora muito doente e passava a maior parte do tempo em um sanatório.) Nessa época, os dois grandes especialistas em Teoria dos Números concentravam seus esforços na Hipótese de Riemann, o epicentro da maioria dos resultados centrais indemonstrados da abordagem analítica. Uma demonstração do *insight* de Bernhard Riemann sobre os zeros de sua "função zeta" criaria um efeito dominó positivo, resultando na comprovação de inúmeros teoremas fundamentais da Teoria dos Números. Petros aceitou a proposta (que matemático jovem e ambicioso não aceitaria?) e os três publicaram juntos, em 1918 e 1919, dois artigos, os dois que meu amigo Sammy Epstein achara com o nome dele no índice bibliográfico.

Ironicamente, esses também seriam seus últimos trabalhos publicados.

Após essa colaboração inicial, Hardy, um exímio conhecedor do talento matemático, propôs a Petros que aceitasse uma bolsa de estudos no Trinity College e se estabelecesse em Cambridge, a fim de se tornar membro permanente daquele time de elite.

Petros pediu algum tempo para decidir. Claro, a proposta era bastante lisonjeadora e a ideia de continuar a colaborar com eles era, à primeira vista, muito atraente. A associação permanente com Hardy e Littlewood resultaria, sem sombra de dúvida, em mais trabalho de qualidade, trabalho que garantiria sua rápida ascensão dentro da comunidade científica. Além do mais, Petros gostava dos dois homens. Estar perto deles era não só agradável, mas também muito estimulante. O próprio ar que respiravam estava repleto de matemática importante e genial.

No entanto, apesar de tudo isso, a perspectiva de demorar-se ali enchia-o de apreensão.

Caso permanecesse em Cambridge, seguiria um caminho previsível. Produziria trabalho bom, até mesmo excepcional, mas seu progresso seria determinado por Hardy e Littlewood. Os problemas deles se tornariam seus e, o que é pior, a fama deles inevitavelmente ofuscaria a sua. Se, de fato, conseguissem demonstrar a Hipótese de Riemann (como Petros esperava), seria, com certeza, uma realização de grande importância, um feito de proporções monumentais que abalaria o mundo. Mas seria *dele*? Na realidade, chegaria sequer a conseguir o um terço dos créditos que lhe pertencia por direito? Não seria provável que sua parte no êxito fosse ocultada pela fama dos dois ilustres colegas?

Quem afirma que os cientistas, mesmo os matemáticos mais puros, mais abstratos, mais capazes, são motivados apenas pela Busca da Verdade Para o Bem da Humanidade, ou não sabe o que está falando ou está mentindo descaradamente. Embora, talvez, os membros mais espiritualizados da comunidade científica sejam indiferentes aos ganhos materiais, não há um dentre eles que não seja guiado pela ambição e por um forte impulso competitivo. (Claro, no caso de uma grande proeza matemática, o número de concorrentes é reduzido; na verdade, quanto maior a proeza, mais reduzido o número. Como os rivais fazem parte de um pequeno grupo seleto, são a fina flor da matemática, a competição se transforma em uma verdadeira *gigantomachia*, uma batalha de gigantes.) A intenção declarada por um matemático, ao se envolver em uma pesquisa importante, pode até ser a descoberta da Verdade, mas o que alimenta seus sonhos é a Glória.

Meu tio não era exceção: isso ele admitiu com franqueza total ao narrar sua história. Depois de Berlim e da desilusão com a "querida Isolde", procurava na matemática um sucesso enorme, quase transcendente, um triunfo completo que lhe trouxesse fama mundial e (assim esperava) a insensível *Mädchen*, implorando de joelhos. E, para ser absoluto, esse triunfo teria de ser só dele, sem estar dividido ou repartido em dois ou três.

Contra sua permanência em Cambridge pesava também a questão do tempo. Veja bem, matemática é um jogo para jovens. É um dos poucos empreendimentos humanos (nisso é muito parecida com os esportes) em que juventude é um requisito básico para a grandeza. Petros, como todo matemático jovem, conhecia as terríveis estatísticas: quase nenhuma grande descoberta na área havia sido feita por alguém com mais de trinta e cinco, quarenta anos. Riemann morreu aos trinta e nove, Niels Henrik Abel aos vinte e sete, e Évariste Galois, tragicamente, aos vinte, mesmo assim seus nomes estavam escritos a ouro nas páginas da história matemática; a "Função Zeta de Riemann", as "Integrais Abelianas" e os "Grupos de Galois" constituindo um legado imortal para as gerações vindouras de matemáticos. Euler e Gauss podem ter trabalhado e produzido teoremas até uma idade avançada, no entanto suas descobertas principais foram realizadas nos primeiros anos de juventude. Em qualquer outra área, Petros, aos vinte e quatro, seria um principiante de futuro, com anos e anos de excelentes oportunidades de criação à sua frente. Em matemática, entretanto, já havia atingido o auge de sua capacidade.

Estimava que, com sorte, teria no máximo dez anos para maravilhar a humanidade (e a "querida Isolde") com um feito grande, magnífico, colossal. Depois disso, mais cedo ou mais tarde, sua força começaria a diminuir. A técnica e o conhecimento, em princípio, sobreviveriam, mas a fagulha que acende os majestosos fogos de artifício, o brilho inventivo e o animado espírito empreendedor necessários a uma descoberta realmente importante (o sonho de demonstrar a Conjectura de Goldbach cada vez mais ocupava seus pensamentos) acabariam por esmorecer, se não desaparecessem por completo.

Após um curto período de reflexão, decidiu que Hardy e Littlewood teriam que continuar o trajeto sem ele.

Dali em diante não poderia se dar ao luxo de perder um único dia. Os anos mais produtivos estavam à sua frente, incitando-o a prosseguir. Deveria começar a trabalhar de imediato em seu problema.

Quanto à escolha do problema: os únicos candidatos que alguma vez considerara eram as três grandes questões em aberto que Carathéodory havia mencionado alguns anos atrás; nada menor servia à sua ambição. Dentre esses, a Hipótese de Riemann já estava nas mãos de Hardy e Littlewood, e o *savoir-faire* científico, tal como a prudência, recomendavam que a deixasse em paz. Quanto ao Último Teorema de Fermat, os métodos tradicionais empregados nas tentativas de sua resolução eram demasiado algébricos para o gosto dele. Assim, a escolha era muito simples: o veículo pelo qual concretizaria seu sonho de fama e imortalidade não poderia ser outro senão a aparentemente simples Conjectura de Goldbach.

A oferta da cátedra de Análise na Universidade de Munique viera um pouco antes, na hora certa. Era uma posição ideal. O estatuto de professor catedrático, uma recompensa indireta pela utilidade militar do Método de Papachristos às tropas do Kaiser, garantiria a Petros uma carga horária menor e independência financeira de seu pai, caso este tentasse atraí-lo de volta à Grécia e ao negócio da família. Em Munique estaria praticamente livre de todas as obrigações irrelevantes. As poucas horas de aula não interfeririam muito em seu tempo pessoal; pelo contrário, poderiam fornecer uma ligação dinâmica e constante com as técnicas analíticas que empregaria em sua pesquisa.

A última coisa que Petros queria era alguém interferindo em seu problema. Ao deixar Cambridge, cobriu seu rastro com uma cortina de fumaça. Não revelou a Hardy, nem a Littlewood, que dali em diante trabalharia na Conjectura de Goldbach, e ainda os levou a acreditar que continuaria a dedicar-se à Hipótese de Riemann. E nisso também, Munique era ideal: visto que a Faculdade de Matemática não era particularmente famosa, como a de Berlim ou a quase legendária Göttingen, ele ficaria distante dos grandes centros de fofoca e curiosidade matemática.

No verão de 1919, Petros instalou-se em um escuro apartamento de segundo andar (acreditava que muita luz é incompatível com concentração absoluta), próximo à universidade. Conheceu os novos colegas da Faculdade de Matemática e organizou o programa de ensino com os assistentes, a maioria mais velha que ele. Em seguida, estabeleceu seu ambiente de trabalho em casa, onde poderia evitar ao máximo qualquer tipo de distração. À empregada, uma calma senhora judia de meia-idade que enviuvara na recente guerra, disse, da forma mais clara possível, que, uma vez dentro da sala de estudo, não deveria ser incomodado por razão alguma deste mundo.

Passados mais de quarenta anos, meu tio ainda se lembrava com excepcional clareza do dia em que iniciou sua pesquisa.

O sol não havia ainda nascido quando se sentou na escrivaninha, pegou a caneta-tinteiro e escreveu em um pedaço de papel branco:

ENUNCIADO: *Todo número par maior que 2 é igual à soma de dois números primos.*

DEMONSTRAÇÃO: *Admitamos que o enunciado acima seja falso. Então, existe um número inteiro n tal que 2n não pode ser expresso como a soma de dois números primos, ou seja, para todo primo p<2n, 2n-p é composto...*

Após alguns meses de trabalho árduo, começou a perceber a verdadeira dimensão do problema e assinalou os pontos de impasse mais óbvios. Poderia agora traçar uma estratégia principal para sua abordagem e identificar alguns dos resultados intermediários que precisava demonstrar. Seguindo a analogia militar, referia-se a esses resultados como "colinas de importância estratégica que tinham de ser conquistadas antes do ataque final à Conjectura propriamente dita".

Sua abordagem, claro, baseava-se no método analítico.

Tanto na versão algébrica quanto na analítica, a Teoria dos Números possui um só objeto, a saber, o estudo das propriedades dos números *inteiros*, mais especificamente dos números inteiros positivos 1, 2, 3, 4, 5... etc., e suas correlações. Da mesma forma que a pesquisa em física envolve, com frequência, o estudo das partículas elementares da matéria, também muitos dos problemas centrais da aritmética mais avançada estão relacionados aos números *primos* (números inteiros divisíveis apenas por 1 e por eles próprios, como 2, 3, 5, 7, 11...), a parte irredutível do sistema numérico.

Os gregos antigos, e depois deles os grandes matemáticos do Iluminismo europeu como Pierre de Fermat, Leonhard Euler e Carl Friedrich Gauss, descobriram uma série de teoremas interessantes relativos ao números primos (dentre eles mencionamos anteriormente a demonstração da infinitude dos primos feita por Euclides). No entanto, até meados do século XIX, as verdades fundamentais sobre esses números permaneciam fora do alcance dos matemáticos.

Dentre essas verdades, duas se destacavam: a "distribuição" dos números primos (isto é, a quantidade de primos menores que um dado número inteiro n) e o padrão de sua sucessão, a inapreensível fórmula através da qual, dado um determinado número primo p_n, seria possível calcular o seguinte, p_{n+1}. Muitas vezes (talvez infinitamente, de acordo com uma hipótese) os primos aparecem separados apenas por dois números inteiros, em pares, como 5 e 7, 11 e 13, 41 e 43, ou 9.857 e 9.859.[7] Porém, em outros casos, dois primos consecutivos podem estar separados por centenas, milhares ou milhões de números inteiros não primos; na verdade, é muito

---

[7] O maior par desse tipo conhecido hoje é quase inconcebivelmente enorme: 835.335^{39014} +/-1.

simples demonstrar que para qualquer número inteiro k, é possível encontrar uma sucessão de k números inteiros que não contém um único número primo.[8]

A aparente ausência de qualquer princípio organizador na distribuição e sucessão dos números primos atormentava os matemáticos há séculos e dava à Teoria dos Números grande parte de seu fascínio. Ali, de fato, residia um grande mistério, digno da mais elevada inteligência: já que os primos são os blocos construtores dos números inteiros e estes são a base de nossa compreensão lógica do cosmos, como é possível sua forma não ser determinada por lei? Por que a "geometria divina" não é evidente nesse caso?

A teoria analítica dos números surgiu em 1837, com a surpreendente demonstração, feita por Dirichlet, da infinitude dos números primos em progressões aritméticas. Entretanto, ela só atingiu o auge no final do século. Anos antes de Dirichlet, Carl Friedrich Gauss imaginara uma possível fórmula "assintótica" (isto é, uma aproximação, que melhora à medida que n aumenta) da quantidade de primos menores que um determinado número inteiro n. Contudo, nem ele, nem qualquer outro, conseguiu chegar perto de uma demonstração. Em 1859, Bernhard Riemann apresentou uma soma infinita no plano dos números complexos,[9] desde então conhecida como "Função Zeta de Riemann", a qual prometia ser uma nova ferramenta de extrema utilidade. A fim de poder usá-la de maneira eficaz, no entanto, os especialistas em Teoria dos Números teriam de abandonar suas tradicionais técnicas

---

[8] Seja k um dado número inteiro. A sequência $(k + 2)! +2, (k + 2)! + 3, (k + 2)! + 4... (k + 2)! + (k + 1), (k + 2)! + (k + 2)$ contém k números inteiros, nenhum deles sendo primo, pois cada um é divisível por 2, 3, 4..., $k + 1, k + 2$ respectivamente. (O símbolo $k!$, também conhecido como "k fatorial", significa o produto de todos os números inteiros de 1 a k.)

[9] Números da forma a + bi, onde a, b são números reais e i é a raiz quadrada "imaginária" de -1.

algébricas (denominadas "elementares") e recorrer aos métodos da Análise Complexa, ou seja, o cálculo infinitesimal aplicado ao plano dos números complexos.

Algumas décadas mais tarde, quando Hadamard e De La Vallée-Poussin conseguiram demonstrar a fórmula assintótica de Gauss utilizando a Função Zeta de Riemann (um resultado conhecido a partir dali como Teorema dos Números Primos), a abordagem analítica pareceu, de repente, transformar--se na chave mágica dos segredos mais íntimos da Teoria dos Números.

Foi durante essa época de grandes esperanças na abordagem analítica que Petros começou a trabalhar na Conjectura de Goldbach.

Depois de passar os primeiros meses se familiarizando com as dimensões do problema, decidiu que iria prosseguir pela Teoria das Partições (as diferentes maneiras de escrever um número inteiro como uma soma), outra aplicação do método analítico. Além do teorema central da área, de Hardy e Ramanujan, havia também uma hipótese formulada pelo último (outro de seus célebres "pressentimentos") que Petros esperava que se tornasse um degrau importante para a Conjectura propriamente dita, se ao menos conseguisse demonstrá-la.

Escreveu para Littlewood, perguntando, da forma mais discreta possível, se haviam sido feitos progressos na matéria, tentando aparentar um mero "interesse de colega". Recebeu uma resposta negativa de Littlewood, que lhe enviou também o último livro de Hardy, *Some Famous Problems of Number Theory*. Nele havia uma demonstração medíocre do que se conhece por Segunda ou "outra" Conjectura de Goldbach.[10] Essa chamada demonstração, porém, apresentava uma

---

[10] De acordo com essa variação, qualquer número ímpar maior que 5 é igual à soma de três números primos.

lacuna primária: sua validade apoiava-se na (indemonstrada) Hipótese de Riemann. Petros leu aquilo e deu um sorriso de superioridade. Hardy deveria estar mesmo muito desesperado para publicar resultados baseados em premissas não demonstradas! Pelo visto, a Conjectura principal de Goldbach, *a* Conjectura, não corria o menor risco de ser resolvida; seu problema estava a salvo.

Petros conduzia a pesquisa em sigilo absoluto, e quanto mais a investigação o levava à *terra incognita* definida pela Conjectura, mais ele se empenhava em cobrir seu rastro. Aos colegas mais curiosos dizia a mesma mentira que havia impingido a Hardy e Littlewood: estava fundamentando o trabalho que fizera com eles em Cambridge, dando prosseguimento à pesquisa conjunta sobre a Hipótese de Riemann. Com o tempo, ficou tão cauteloso que chegou aos limites da paranoia. Para que os colegas não tirassem conclusões acerca dos itens que retirava da biblioteca, começou a encontrar formas de disfarçar seus pedidos. Protegia o livro que realmente queria incluindo-o em uma lista de três ou quatro irrelevantes, ou pedia um artigo contido em uma revista científica apenas para conseguir a edição que incluía *outro* artigo, aquele que lhe interessava, tudo para poder ler com atenção, longe de olhares inquiridores, na total privacidade de sua sala de estudo.

Na primavera daquele ano, Petros recebeu uma outra mensagem, remetida por Hardy, comunicando a morte de Srinivasa Ramanujan por tuberculose, aos trinta e dois anos, em um bairro miserável de Madras. A primeira reação à triste notícia foi de perplexidade e até mesmo de sofrimento. Sob a camada superficial de dor pela perda do matemático extraordinário e do amigo humilde, gentil e de fala suave, Petros sentiu, bem lá no fundo, uma alegria arrebatadora por aquele cérebro fenomenal não mais estar presente na arena da Teoria dos Números.

Veja bem, ele não temia mais ninguém. Seus dois rivais mais qualificados, Hardy e Littlewood, estavam demasiadamente envolvidos com a Hipótese de Riemann para se preocuparem com a Conjectura de Goldbach. Quanto a David Hilbert, tido como o maior matemático vivo, e Jacques Hadamard, o outro único especialista em Teoria dos Números a ser levado em consideração, ambos, na realidade, não passavam agora de respeitados veteranos: seus quase sessenta anos representavam uma velhice avançada para matemáticos criativos. Mas ele *temia* Ramanujan. Sua inteligência incomparável era a única força que Petros considerava capaz de roubar seu prêmio. Apesar das dúvidas que manifestara a Petros acerca da validade geral da Conjectura, se Ramanujan, alguma vez, tivesse decidido investir sua genialidade no problema... Quem sabe, talvez o tivesse demonstrado sem querer; talvez sua querida deusa Namakiri lhe tivesse oferecido a solução em um sonho, tudo escrito com capricho, em sânscrito, em um rolo de pergaminho!

Agora, com sua morte, não havia mais qualquer perigo real de alguém chegar à solução antes de Petros.

Mesmo assim, quando foi convidado pela importante Faculdade de Matemática de Göttingen para dar uma palestra em homenagem à contribuição de Ramanujan para a Teoria dos Números, evitou mencionar seu trabalho com partições, receando que alguém se sentisse instigado a procurar suas possíveis ligações com a Conjectura de Goldbach.

No final do verão de 1922 (por coincidência, no mesmo dia em que seu país ficou chocado com a notícia da destruição de Esmirna), Petros de repente viu-se diante de seu primeiro grande dilema.

A ocasião foi particularmente feliz: enquanto caminhava às margens do Speichersee, chegou, por meio de uma súbita inspiração, após meses de trabalho exaustivo, a um surpreendente *insight*. Sentou-se em uma pequena cervejaria ao ar livre e escreveu-o rapidamente, em um caderno que trazia sempre consigo. Em seguida, embarcou no primeiro trem de volta a Munique e passou toda a noite em sua escrivaninha, elaborando os detalhes e revendo seu silogismo com cuidado, repetidamente. Quando terminou, sentiu pela segunda vez na vida (a primeira estava relacionada com Isolde) uma satisfação completa, uma felicidade absoluta. Conseguira demonstrar a hipótese de Ramanujan!

Nos primeiros anos de seu trabalho na Conjectura, ele acumulara um número considerável de resultados intermediários, denominados "lemas" ou teoremas menores, alguns dos quais possuíam um valor inquestionável, amplo material para várias e boas publicações. Contudo, nunca se sentira realmente tentado a torná-los públicos. Embora fossem respeitáveis o suficiente, nenhum poderia ser qualificado como uma descoberta relevante, mesmo pelos esotéricos padrões do especialista em Teoria dos Números.

Mas agora tudo seria diferente.

O problema que resolvera na caminhada vespertina, à beira do Speichersee, tinha uma importância especial. Em relação a seu trabalho na Conjectura, era ainda um passo intermediário, não o objetivo final. Mesmo assim, era por si só um teorema profundo e pioneiro, que abria novas perspectivas para a Teoria dos Números. Trazia uma nova luz à questão das Partições, aplicando o teorema anterior de Hardy-Ramanujan de uma forma que ninguém havia sequer suspeitado, muito menos demonstrado, antes. Sem dúvida, a publicação desse teorema lhe asseguraria um reconhecimento, no mundo matemático, muito maior que o alcançado com seu método para resolução de equações diferenciais. Na realidade, era provável que o lançasse para a ribalta da pequena, porém seleta, comunidade internacional dos especialistas em Teoria dos Números, colocando-o praticamente no mesmo nível das grandes estrelas, Hadamard, Hardy e Littlewood.

Ao tornar pública sua descoberta, estaria também abrindo o caminho para outros matemáticos que, através da obtenção de novos resultados, fundamentariam o problema e expandiriam os limites da área de um modo que um pesquisador sozinho, mesmo sendo brilhante, não conseguiria. Por seu turno, os resultados que eles alcançassem o ajudariam em sua busca da demonstração da Conjectura. Em outra palavras, ao publicar o "Teorema da Partição, de Papachristos" (a modéstia, claro, obrigava-o a esperar que seus colegas lhe atribuíssem formalmente esse título), Petros estaria garantindo uma legião de assistentes para seu trabalho. Mas havia um outro lado da moeda: um dos novos assistentes voluntários (e não requisitados) poderia tropeçar em uma maneira melhor de aplicar seu teorema e conseguir demonstrar a Conjectura de Goldbach antes dele.

Não teve de pensar muito. O perigo pesava muito mais que as vantagens. Não publicaria. O "Teorema da Partição, de Papachristos" permaneceria, por enquanto, um segredo particular e bem guardado.

Recordando para meu proveito, Tio Petros classificou essa atitude como um momento decisivo em sua vida. Dali em diante, ressaltou, as dificuldades começaram a se acumular.

Ao reter a publicação de sua primeira contribuição verdadeiramente importante para a matemática, colocara-se sob uma dupla pressão do tempo. À ansiedade permanente e desgastante de ver dias, semanas, meses e anos passando sem atingir o tão sonhado objetivo final, somava-se agora o medo de alguém chegar à sua descoberta e roubar sua glória.

Os êxitos oficiais alcançados até então (uma descoberta com seu nome e a cátedra na universidade) não eram feitos menores. Mas o tempo conta de forma diferente para os matemáticos. Estava agora no auge total de sua capacidade, em um apogeu criativo que não duraria muito. Essa era a hora de fazer a grande descoberta, caso tivesse o talento necessário para tanto.

Levava uma vida de quase total isolamento, não tendo com quem dividir suas aflições.

A solidão do pesquisador que trabalha com matemática original é diferente de qualquer outra. No verdadeiro sentido da palavra, ele habita um universo que é inacessível, tanto ao grande público quanto a seu ambiente imediato. Mesmo os que lhe estão próximos não podem compartilhar de suas alegrias e tristezas, já que não são capazes de compreender o significado delas.

A única comunidade a que o matemático criativo pode de fato pertencer é a de seus pares; mas dessa Petros havia intencionalmente se desligado. Durante os primeiros anos em Munique, submetera-se algumas vezes à tradicional hospitalidade acadêmica dedicada a recém-chegados. Quando aceitava um convite, no entanto, era uma verdadeira angústia ter de agir com normalidade, comportar-se de acordo com a situação e conversar fiado. Era obrigado a reprimir sua tendência de se perder em pensamentos relativos à Teoria dos Números e a lutar contra os frequentes impulsos de sair correndo para casa e sua escrivaninha, tomado por um pressentimento que requeria atenção imediata. Por sorte, devido a suas constantes recusas, ou a seu visível desconforto e constrangimento nas ocasiões em que comparecia a eventos sociais, os convites foram rareando e enfim, para seu grande alívio, cessaram totalmente.

Não é preciso acrescentar que ele nunca se casou. A justificativa dada — de que casar com outra mulher teria significado ser infiel a seu grande amor, a "querida Isolde" — não passava, claro, de uma simples desculpa. Na realidade, tinha consciência de que seu estilo de vida não permitia a presença de outra pessoa. Sua preocupação com a pesquisa era incessante. A Conjectura de Goldbach exigia-o por inteiro: seu corpo, sua alma e todo seu tempo.

No verão de 1925, Petros demonstrou um segundo resultado importante, que, junto com o "Teorema da Partição", abria uma nova perspectiva sobre muitos dos problemas clássicos dos números primos. De acordo com sua opinião, imparcial e especializada, o trabalho que realizara constituía um verdadeiro avanço. A tentação de publicá-lo era irresistível. Ela o torturou por semanas — mais uma vez, entretanto, ele conseguiu resistir. Novamente decidira manter o segredo para si, temendo abrir o caminho para intrusos. Resultado intermediário algum, independente de sua relevância, poderia desviá-lo do propósito inicial. Ou a demonstração da Conjectura de Goldbach, ou nada!

Em novembro, fez trinta anos, uma idade emblemática para o matemático pesquisador, quase o primeiro passo em direção à meia-idade.

A espada de Dâmocles, cuja presença ele pouco sentira em todos aqueles anos, suspensa em algum lugar na escuridão (estava escrito: "A Decadência de sua Capacidade Criativa"), era agora quase visível. Cada vez mais, ao se debruçar sobre seus papéis, sentia sua ameaça pairando. A ampulheta invisível que media seu apogeu criativo tornara-se uma presença constante em sua mente, levando-o a ataques de pânico e ansiedade. Ao despertar, era tomado pela angústia de já poder estar deixando o ápice de sua mestria intelectual. Perguntas não paravam de surgir em sua cabeça: faria mais avanços parecidos com os dois primeiros resultados importantes? Teria o inevitável declínio, talvez sem que ele se apercebesse, já começado? Qualquer esquecimento mínimo, qualquer errinho de cálculo, qualquer pequena falta de concentração, evocava o refrão ameaçador: *Terá meu apogeu passado?*

Nessa época, uma breve visita feita pela família (já descrita por meu pai), a qual Petros não via há anos, foi considerada por ele uma intrusão grosseira e violenta. Sentia que as poucas horas passadas com os pais e irmãos mais novos estavam sendo roubadas de seu trabalho, via cada minuto perto deles, e longe de sua escrivaninha, como uma pequena dose de suicídio matemático. Ao fim da estadia da família, estava totalmente frustrado.

Não perder tempo tornou-se uma verdadeira obsessão, a ponto de Petros excluir de sua vida qualquer atividade que não estivesse relacionada à Conjectura de Goldbach, exceto as duas que só podia reduzir até um certo limite: dormir e lecionar. Mesmo assim, dormia menos do que precisava. A ansiedade permanente causara-lhe insônia, fato que era agravado pelo consumo excessivo de café, o combustível dos matemáticos. Com o passar do tempo, a preocupação com a Conjectura não o deixava mais relaxar. Muitas vezes recorria a comprimidos para dormir, pois não conseguia pegar no sono. O uso esporádico foi se tornando permanente e as doses foram sendo aumentadas de maneira alarmante, chegando à dependência, e isso sem o respectivo efeito benéfico.

Mais ou menos nesse período, seu ânimo recebeu um inesperado empurrão que surgiu na improvável forma de um sonho. Apesar de não acreditar no sobrenatural, Petros considerou-o um augúrio profético e definitivo, vindo direto do Paraíso Matemático.

Não é incomum cientistas mergulhados por completo em um problema difícil levarem suas preocupações para a cama; e embora Petros nunca tivesse sido honrado com a visita noturna de Namakiri ou de qualquer outra divindade reveladora (um fato que não deveria causar surpresa, tendo-se em conta seu agnosticismo arraigado), após o primeiro ano de sua dedicação à Conjectura, começou a ter o ocasional sonho matemático. Na realidade, suas visões anteriores de felicidade amorosa nos braços da "querida Isolde" tornaram-se cada vez menos frequentes, dando lugar a sonhos com os Números Pares, os quais apareciam personificados como duplas de gêmeos idênticos. Estavam envolvidos em pantomimas complexas e absurdas, um coro para os Números Primos, que eram peculiares seres hermafroditas semi-humanos. Ao contrário dos mudos Números Pares, os Números Primos estavam quase sempre conversando entre si, geralmente em uma linguagem ininteligível, executando, ao mesmo tempo, estranhos passos de dança. (Conforme Petros admitiu, era muito provável que a coreografia dos sonhos fosse inspirada em uma montagem da *Sagração da Primavera*, de Stravinsky, que assistira durante seus primeiros anos em Munique, quando ainda tinha tempo para esse tipo de vaidade.) Em raras ocasiões, as singulares criaturas falavam com ele, mas apenas em grego clássico: talvez fosse um tributo a Euclides, que lhes concedera a infinitude. Mesmo quando suas declarações tinham algum sentido linguístico, o conteúdo matemático era trivial ou disparatado. Petros lembrava-se de uma em especial: *hapantes protoi perittoi*, que significa "Todos os números primos são ímpares", um enunciado obviamente falso. (No entanto, uma outra leitura da palavra *perittoi* poderia levar a "Todos os números primos são inúteis", uma interpretação que, curiosamente, escapou a meu tio.)

Contudo, em algumas poucas circunstâncias havia algo de real em seus sonhos. Conseguia deduzir da fala dos protagonistas indicações úteis que conduziam sua pesquisa por caminhos interessantes e inexplorados.[11]

O sonho que levantou seu ânimo ocorreu algumas noites após ter demonstrado seu segundo resultado importante. Não era diretamente matemático, era laudatório, consistindo em apenas uma imagem, um *tableau vivant* cintilante, mas

---

[11] No trabalho pioneiro *The Nature of Mathematical Discovery*, Henri Poincaré destrói o mito do matemático como um ser totalmente racional. Com exemplos retirados da história e de sua própria experiência como pesquisador, ele atribui ênfase especial ao papel do inconsciente em pesquisa. Na maioria das vezes, afirma Poincaré, as grandes descobertas acontecem inesperadamente, em uma revelação súbita que vem em um momento de repouso: claro, isso só pode ocorrer com mentes que estão preparadas, graças a meses ou anos a fio de trabalho consciente. É nesse aspecto do funcionamento da mente de um matemático que os sonhos reveladores podem desempenhar um papel importante, indicando por vezes a rota através da qual o inconsciente anuncia suas conclusões ao consciente.

de uma beleza extraordinária! De um lado estava Leonhard Euler e do outro, Christian Goldbach (embora Petros nunca tivesse visto um retrato seu, imediatamente soube que era ele). Os dois homens mantinham suspensa uma coroa dourada sobre a cabeça da figura central, que era ninguém menos que ele, Petros Papachristos. A tríade estava banhada em um nimbo de luz ofuscante.

A mensagem do sonho não poderia ser mais clara: a demonstração da Conjectura de Goldbach seria, por fim, sua.

Instigado pela gloriosa visão, recuperou o otimismo e decidiu seguir em frente, com entusiasmo renovado. Deveria agora concentrar todas as forças na pesquisa. Não poderia perder mais um minuto sequer.

Os dolorosos sintomas gastrointestinais que vinha apresentando há algum tempo (por estranha coincidência, a maioria deles ocorrendo em épocas que interferiam em seus deveres universitários), resultado da pressão constante e autoimposta, deram-lhe o pretexto que necessitava. Munido com o parecer de um especialista, foi até o diretor da Faculdade de Matemática e solicitou uma licença não remunerada de dois anos.

O diretor, um matemático insignificante, mas um burocrata feroz, parecia estar aguardando uma oportunidade para equiparar-se ao professor Papachristos.

— Li a recomendação do seu médico, *Herr* professor — anunciou, em um tom azedo. — Parece que o senhor sofre, como muitos outros na nossa Faculdade, de gastrite, um problema que não é exatamente fatal. O senhor não acha uma licença de dois anos longa demais?

— Bem, *Herr* diretor — murmurou Petros —, por coincidência eu também estou num ponto crítico da minha pesquisa. Durante os dois anos da licença vou poder concluí-la.

O diretor parecia de fato surpreso. — *Pesquisa*?! Ah, eu não tinha ideia! Como o senhor não publicou nada durante todos esses anos que está conosco, os seus colegas pensaram que o senhor estivesse cientificamente inativo.

Petros sabia que a pergunta seguinte era inevitável:

— A propósito, o que o senhor está pesquisando, *Herr* professor?

— Be-em — disse Petros, humildemente — estou investigando algumas questões da Teoria dos Números.

O diretor, um homem acima de tudo prático, considerava a Teoria dos Números, uma área famosa pela inaplicabilidade de seus resultados às ciências físicas, uma total perda de tempo. Seu interesse recaía sobre as equações diferenciais e, anos antes, tivera esperanças de que a integração do inventor do Método de Papachristos ao corpo docente pusesse seu próprio nome em algumas publicações conjuntas. Isso, claro, nunca acontecera.

— O senhor quer dizer Teoria dos Números *em geral,* *Herr* professor?

Petros viveu por alguns instantes um jogo de gato e rato, tentando de qualquer jeito mentir acerca de seu real objeto. Ao perceber, no entanto, que não teria a mínima chance, a menos que conseguisse convencer o diretor da importância de seu trabalho, revelou a verdade.

— Estou trabalhando na Conjectura de Goldbach, *Herr* diretor. Mas, *por favor,* não diga nada a ninguém!

O diretor sobressaltou-se: — Ah?! E como está indo?

— Muito bem, na realidade.

— O que significa que o senhor chegou a alguns resultados intermediários bastante interessantes. Estou certo?

Petros sentia-se como se estivesse andando na corda bamba. Quanto poderia revelar com segurança?

— Bem... Hum... — Estava irrequieto no assento e suava muito. — Para ser franco, *Herr* diretor, acho que estou a um passo da demonstração. Se o senhor me der os dois anos de licença, eu vou tentar terminá-la.

O diretor conhecia a Conjectura de Goldbach, e quem não conhecia? Embora pertencesse ao nebuloso e insensato mundo da Teoria dos Números, tinha a vantagem de ser um problema famoso. Um êxito por parte do professor Papachristos (afinal, ele era considerado um matemático de inteligência superior) seria, sem dúvida, muito bom para a universidade, para a Faculdade de Matemática e, claro, para ele próprio, o diretor. Após refletir sobre a questão por alguns instantes, deu um largo sorriso e disse que não se opunha à solicitação.

Quando Petros foi agradecer e se despedir, o diretor era todo sorrisos.

— Boa sorte com a Conjectura, *Herr* professor. Espero o senhor de volta com grandes resultados!

Com seus dois anos de cortesia assegurados, Petros mudou-se para os arredores de Innsbruck, no Tirol austríaco, onde alugou um pequeno chalé. Como endereço para correspondência, deixou apenas a posta-restante local. Em sua nova e temporária residência, era um completo estranho. Ali não precisava sequer temer as menores distrações de Munique, o encontro casual com um conhecido na rua ou a solicitude de sua empregada, que ficara cuidando do apartamento vazio. Seu isolamento não seria de forma alguma violado.

Durante a permanência em Innsbruck, um acontecimento acabou surtindo um efeito positivo em seu humor, e, em consequência, em seu trabalho: Petros descobriu o xadrez.

Em um fim de tarde, enquanto fazia sua caminhada habitual, parou para beber algo quente em um bar, que por acaso era o ponto de encontro do clube local. Embora, ainda criança, tivesse aprendido as regras e jogado algumas partidas, nunca havia se dado conta, até aquele dia, da profundidade do xadrez. Agora, enquanto sorvia um chocolate, fora atraído pela partida na mesa ao lado, acompanhando-a com interesse crescente. No entardecer seguinte, seus passos levaram-no ao mesmo lugar, o que se repetiu no outro dia. A princípio pela simples observação, começou a compreender a fascinante lógica do jogo.

Após algumas visitas, aceitou um desafio para jogar. Perdeu, o que incomodou sua natureza competitiva, especialmente quando soube que o adversário era um pastor de gado. Ficou acordado aquela noite, recriando os lances em sua cabeça, tentando assinalar seus erros. Nos dias seguintes perdeu mais algumas partidas, mas então ganhou uma e sentiu uma alegria imensa, uma sensação que o instigou a perseguir mais vitórias.

Aos poucos foi se tornando um frequentador habitual do bar e ingressou no clube de xadrez. Um dos membros falou-lhe do enorme volume de sabedoria envolvida nos primeiros lances da partida, também conhecida como "teoria das aberturas". Petros tomou emprestado um livro com os fundamentos básicos e comprou o tabuleiro que continuou a usar na velhice, em sua casa, em Ekali. Ficava sempre acordado até tarde, mas em Innsbruck não era devido a Goldbach. Com as peças dispostas à sua frente e o livro na mão, passava as horas antes de ir dormir ensinando a si mesmo as aberturas básicas, a "Rui Lopez", os "Gambitos do Rei e da Rainha", a "Defesa Siciliana".

Munido de algum conhecimento teórico, começou a vencer com uma frequência cada vez maior, para sua grande satisfação. De fato, demonstrando o fanatismo do recém-convertido, desviou-se de sua rota por um período, gastando o tempo que pertencia à sua pesquisa matemática no jogo, indo ao bar cada vez mais cedo, recorrendo mesmo a seu tabuleiro durante o dia para analisar as partidas do dia anterior. Entretanto, logo se disciplinou e restringiu o contato com o xadrez às saídas noturnas e a cerca de uma hora de estudo (uma abertura, ou uma partida célebre) antes de se deitar. Apesar disso, quando deixou Innsbruck era o incontestado campeão local.

A mudança efetuada na vida de Petros pelo xadrez foi notável. Desde o instante em que começara a se dedicar à Conjectura de Goldbach, quase uma década antes, praticamente nunca relaxara do trabalho. Porém, é fundamental que o matemático se afaste um pouco do problema em que está envolvido. A fim de que possa digerir o trabalho executado e processar os resultados no nível do inconsciente, a mente precisa de descanso, tanto quanto de uso. Do mesmo modo que a investigação de conceitos matemáticos pode ser revigorante para um intelecto calmo, ela pode também se tornar intolerável quando o cérebro está dominado pelo cansaço, exausto devido ao esforço incessante.

Dentre os matemáticos que conhecia, cada um tinha uma maneira própria de relaxar. Para Carathéodory eram as funções administrativas na Universidade de Berlim. Com os colegas da Faculdade de Matemática variava: para uns, era a família; para outros, eram os esportes. Havia também aqueles que gostavam de colecionar e os que não perdiam as representações teatrais, concertos e outros eventos culturais oferecidos durante todo o ano em Munique. Nada disso, no entanto, satisfazia Petros, nada o envolvia o suficiente para distraí-lo de sua pesquisa. A certa altura, tentou ler romances policiais, mas depois de esgotar as proezas do ultrarracional Sherlock Holmes, não conseguiu achar qualquer outro entretenimento. Quanto às longas caminhadas vespertinas, elas definitivamente não podiam ser consideradas descanso. Enquanto o corpo se movia, quer estivesse no campo ou na cidade, à margem de um lago sereno ou em uma movimentada calçada, sua mente só se ocupava da Conjectura, sendo a caminhada apenas um meio de se concentrar na pesquisa.

Assim, o xadrez parecia ter sido mandado do céu. Concentração é um requisito básico, já que se trata de um jogo cerebral por natureza. É muito difícil um jogador se dispersar, a menos que, e às vezes nem mesmo assim, esteja competindo com um adversário bastante inferior. Petros agora mergulhava nas partidas registradas entre os grandes jogadores (Steinitz, Alekhine, Capablanca) com uma atenção semelhante à dispensada a seus estudos matemáticos. Enquanto tentava derrotar os melhores jogadores de Innsbruck, descobriu que era possível desligar-se de Goldbach, mesmo que por apenas algumas horas. Quando confrontado com um forte adversário, percebeu, para seu total espanto, que por algumas horas conseguia não pensar em nada exceto o xadrez. O resultado foi revigorante. Na manhã seguinte a uma partida desafiadora, voltava à Conjectura com a mente clara e renovada, novas perspectivas e conexões surgindo, bem no momento em que começara a temer que sua capacidade estivesse se esgotando.

O efeito relaxante do xadrez também ajudou Petros a libertar-se dos comprimidos para dormir. A partir dali, se durante a noite fosse tomado por uma ansiedade improdutiva relacionada à Conjectura, seu cérebro cansado dando voltas e perdendo-se em labirintos matemáticos, levantava-se da cama, sentava-se em frente ao tabuleiro de xadrez e refazia os lances de uma partida interessante. Assim entretido, esquecia temporariamente a matemática, as pálpebras começavam a pesar e acabava dormindo como um bebê, na poltrona, até de manhã.

Antes que a licença não remunerada de dois anos terminasse, Petros tomou uma importante decisão: publicaria suas duas grandes descobertas, o "Teorema da Partição" e a outra.

É preciso ressaltar que isso não aconteceu porque ele resolvera agora contentar-se com menos. Não havia qualquer tipo de sentimento de derrota em relação a seu objetivo final de demonstrar a Conjectura de Goldbach. Em Innsbruck, Petros revira com tranquilidade o material existente acerca do problema. Examinara novamente os resultados encontrados por outros matemáticos antes dele e analisara também o trajeto de sua própria pesquisa. Ao refazer seus passos e avaliar com frieza seus progressos até aquele momento, duas coisas ficaram óbvias: a) seus dois teoremas sobre Partições eram em si mesmos resultados importantes, e b) eles não o aproximaram da demonstração da Conjectura; o plano inicial de ataque ainda não dera frutos.

A paz intelectual alcançada por Petros em Innsbruck resultou em um *insight* fundamental: a falácia em sua estratégia residia na adoção da abordagem analítica. Percebia agora que fora seduzido pelo êxito obtido por Hadamard e De La Vallée--Poussin na demonstração do Teorema dos Números Primos e, em especial, pela autoridade de Hardy. Em outras palavras, havia sido desencaminhado pelas demandas da moda matemática (ah sim, tal coisa realmente existe!), demandas que possuem tanto direito de serem consideradas Verdade Matemática, quanto as extravagâncias sazonais dos gurus da *haute couture* possuem de serem vistas como o Ideal Platônico de Beleza. Os teoremas formulados a partir de uma demonstração rigorosa são de fato absolutos e eternos, mas os métodos utilizados para chegar até eles definitivamente não o são. Eles representam escolhas que por definição são circunstanciais, o que explica a razão de mudarem com tanta frequência.

A poderosa intuição de Petros dizia-lhe que o método analítico havia se esgotado. Era chegada a hora de algo novo ou, para ser mais exato, algo velho, um retorno à antiga e tradicional abordagem dos segredos dos números. A enorme responsabilidade de redefinir o curso da Teoria dos Números para o futuro, decidira Petros, estava sobre seus ombros: uma demonstração da Conjectura de Goldbach utilizando as técnicas algébricas elementares resolveria a questão de uma vez por todas.

Quanto a seus dois primeiros resultados, o Teorema da Partição e o outro, poderiam agora ser liberados com segurança para a população matemática em geral. Como havia chegado a eles através do método analítico (o qual, à primeira vista, não mais lhe servia para demonstrar a Conjectura), sua publicação já não poderia representar uma ameaça para a pesquisa futura dele.

Quando Petros retornou a Munique, a empregada ficou encantada de ver o *Herr* professor em tão boa forma. Disse mal tê-lo reconhecido, pois "estava tão robusto, tão corado, com uma aparência tão saudável".

Era verão e, livre das obrigações acadêmicas, começou a preparar a monografia em que revelaria seus dois importantes teoremas, acompanhados pelas respectivas demonstrações. Ao ver mais uma vez a colheita de dez anos de trabalho árduo com o método analítico materializada, com princípio, meio e fim, completa, apresentada e explicada de forma estruturada, Petros sentiu um profundo contentamento. Percebeu que, embora não tivesse ainda conseguido demonstrar a Conjectura, produzira matemática de excelente qualidade. A publicação dos dois teoremas sem dúvida lhe garantiria os primeiros lauréis científicos relevantes. (Conforme antes mencionado, ele era indiferente ao valor atribuído ao "Método de Papachristos para a resolução de equações diferenciais"; considerava-o inferior por ser voltado para aplicações). Podia agora até se permitir sonhar com o que lhe estava reservado. Quase podia ver as entusiásticas cartas de colegas, as congratulações na Faculdade, os convites para falar sobre suas descobertas em todas as grandes universidades. Conseguia até se imaginar recebendo prêmios e homenagens internacionais. Por que não? Seus teoremas certamente o mereciam!

Com o início do novo ano acadêmico (e ainda trabalhando na monografia), Petros retomou seus deveres de professor. Ficou surpreso ao descobrir que, pela primeira vez, estava gostando de suas aulas. O empenho depositado na exposição da matéria a seus alunos aumentou seu próprio prazer e entendimento do conteúdo que ensinava. O diretor da Faculdade de Matemática ficou obviamente satisfeito, não apenas pela melhora no desempenho de Petros, comentada por assistentes e alunos, mas em particular pela informação de que o professor Papachristos estava preparando uma monografia para publicação. Os dois anos em Innsbruck haviam valido a pena.

Embora o trabalho prestes a ser publicado não contivesse aparentemente a demonstração da Conjectura de Goldbach, já corria, na Faculdade, o boato de que adiantava resultados muito importantes. A monografia, com cerca de duzentas páginas, ficou pronta um pouco antes do Natal. O título, "Algumas Observações sobre o Problema das Partições", denunciava a típica modéstia ligeiramente hipócrita de muitos matemáticos ao publicarem resultados de grande importância. Petros mandou datilografá-la na Faculdade e enviou uma cópia a Hardy e Littlewood, pedindo-lhes para revisarem-na, pois receava ter caído em alguma armadilha não detectada ou cometido algum pequeno erro de dedução. Na realidade, sabia muito bem que não havia armadilhas nem erros: apenas gostava de pensar na surpresa e no espanto dos dois paradigmas da Teoria dos Números. Já se via, inclusive, desfrutando da admiração deles, graças à sua realização.

Após enviar o texto datilografado, Petros concluiu que devia a si mesmo umas pequenas férias antes de retornar, em tempo integral, à Conjectura. Dedicou os dias seguintes exclusivamente ao xadrez.

Ingressou no mais conceituado clube de xadrez da cidade, onde, para sua grande satisfação, constatou que além de ser capaz de vencer todos os jogadores, com exceção dos melhores, dava trabalho ao pequeno e seleto grupo ao qual não conseguia facilmente derrotar. Descobriu uma pequena livraria pertencente a um aficionado do referido jogo, onde adquiriu pesados livros sobre a teoria das aberturas e coletâneas de partidas. Colocou o tabuleiro que comprara em Innsbruck em uma pequena mesa, em frente à lareira, junto a uma poltrona funda e confortável de veludo macio. Ali mantinha seus encontros noturnos com suas novas amigas pretas e brancas.

Isso durou cerca de duas semanas. — Duas semanas *muito felizes* — contou-me, felicidade esta aumentada pela antecipação da resposta, sem dúvida entusiástica, de Hardy e Littlewood à monografia.

No entanto, a resposta, quando chegou, foi tudo menos entusiástica, pondo fim à alegria de Petros. A reação não era de forma alguma a antecipada. Em uma mensagem curta, Hardy informava-o que seu primeiro resultado importante, aquele que, por conta própria, batizara de "Teorema da Partição, de Papachristos", fora descoberto dois anos antes por um jovem matemático austríaco. Na realidade, Hardy expressava seu espanto pelo fato de Petros não estar ciente disso, pois sua publicação causara sensação nos círculos de especialistas em Teoria dos Números e rendera grande aclamação a seu autor. Com certeza acompanhava os desenvolvimentos da área, ou não? Quanto ao segundo teorema: uma versão mais geral havia sido proposta, sem demonstração, por Ramanujan em uma carta enviada a Hardy, da Índia, alguns dias antes de sua morte, em 1920, uma de suas últimas grandes intuições. Nos anos seguintes, a parceria Hardy-Littlewood conseguira preencher as lacunas e sua demonstração fora publicada na última edição dos *Proceedings of the Royal Society*, do qual incluía um exemplar.

Hardy terminou a carta em tom pessoal, expressando solidariedade a Petros por aquela reviravolta. Também sugeriu, na maneira discreta típica de sua origem e classe, que no futuro talvez fosse mais proveitoso para ele estar em contato mais direto com os colegas da comunidade científica. Se Petros levasse a vida normal de um pesquisador matemático, observava Hardy, indo aos colóquios e congressos internacionais, correspondendo-se com os colegas, perguntando-lhes sobre os avanços em suas pesquisas e dando informações sobre a sua, não teria chegado em segundo lugar nessas duas descobertas extremamente importantes. Caso persistisse em seu isolamento voluntário, outro "lamentável acontecimento" acabaria por ocorrer.

A essa altura da narrativa meu tio parou. Falava já há várias horas. Anoitecia e o cantar dos pássaros no pomar foi diminuindo, o silêncio sendo agora invadido pelo cricrilar de um grilo solitário. Tio Petros levantou-se e, com passos cansados, foi acender uma lâmpada, um bulbo nu que mal iluminava o lugar onde nos sentávamos. Enquanto regressava, entrado e saindo lentamente da fraca luz amarela e da escuridão violeta, parecia quase um fantasma.

— Então, essa é a explicação — murmurei, enquanto ele se sentava.

— Que explicação? — perguntou, ausente.

Contei-lhe de Sammy Epstein e seu fracasso ao tentar encontrar alguma referência ao nome Petros Papachristos nos índices bibliográficos relativos à Teoria dos Números, com exceção das primeiras publicações conjuntas com Hardy e Littlewood sobre a Função Zeta de Riemann. Repeti a "teoria da exaustão" sugerida a meu amigo pelo "distinto professor" da nossa universidade: que seu suposto envolvimento com a Conjectura de Goldbach era uma mentira para disfarçar sua inatividade.

Tio Petros riu com amargura.

— Ah, não! Era pura verdade, predileto dos sobrinhos! Você pode dizer ao seu amigo e ao "distinto professor" dele que eu realmente tentei demonstrar a Conjectura de Goldbach, e *como*, e por *quanto tempo*! E eu *consegui* resultados intermediários, resultados maravilhosos e importantes, mas não os publiquei quando devia e outros acabaram chegando lá na minha frente. Infelizmente, na matemática não existe medalha de prata. O primeiro a anunciar e a publicar fica com toda a glória. Não sobra nada para mais ninguém. — Fez uma pausa. — Como diz o ditado, mais vale um pássaro na mão do que dois voando, e eu, enquanto perseguia os dois, perdi o que tinha...

Por algum motivo, a serenidade resignada com que proferiu essa conclusão não me pareceu sincera.

— Mas, Tio Petros — perguntei —, o senhor não ficou terrivelmente perturbado quando Hardy deu a notícia?

— Claro que fiquei, e "terrivelmente" é a palavra exata. Fiquei desesperado; senti muita raiva, frustração e dor; cheguei até a pensar em suicídio. Mas isso foi *lá*, em outro tempo, com outra pessoa. Agora, quando eu olho para trás, não me arrependo de nada do que fiz, nem do que deixei de fazer.

— *Não*!? O senhor está querendo dizer que não se arrepende de ter perdido a oportunidade de se tornar famoso, de ser reconhecido como um grande matemático?

Ele levantou o dedo e advertiu: — Um matemático *muito bom* talvez, mas não um grande matemático! Eu tinha descoberto dois teoremas bons, só isso.

— Isso com certeza não é pouca coisa!

Tio Petros sacudiu a cabeça, discordando: — O sucesso na vida deve ser medido pelas metas que traçamos para nós mesmos. Todos os anos milhares de novos teoremas são publicados no mundo inteiro, mas só meia dúzia por século é que fazem história!

— Mesmo assim, tio, o senhor ou, pelo menos, os seus teoremas eram importantes.

— Veja aquele rapaz — replicou Tio Petros —, o austríaco que publicou o *meu*, como ainda o considero, Teorema da Partição: com esse resultado, por acaso ele foi elevado ao pedestal de um Hilbert, ou de um Poincaré? Claro que não! Talvez ele tenha até conseguido garantir um pequeno lugar para o seu retrato, em alguma parte de uma sala dos fundos do Edifício da Matemática... mas e daí se ele conseguiu? Ou, então, veja o caso do Hardy e do Littlewood, ambos matemáticos de primeira linha. Eles provavelmente entraram para a Galeria da Fama, uma Galeria da Fama *muito* grande, fique você sabendo, mas mesmo eles não conseguiram ter as suas estátuas erigidas na entrada principal ao lado de Euclides, Arquimedes, Newton, Euler, Gauss... *Essa* teria sido a minha única ambição, e nada menos que a demonstração da Conjectura de Goldbach, que significava também a quebra do enorme mistério dos números primos, poderia ter me levado até lá...

Havia agora um brilho em seu olhar, uma intensidade séria e profunda enquanto concluía: — Eu, Petros Papachristos, nunca tendo publicado nada de valor, serei lembrado — ou melhor, *não* serei lembrado — na história da matemática como não tendo obtido coisa alguma. Isso não me incomoda, sabe? Não me arrependo de nada. Eu nunca teria ficado satisfeito com a mediocridade. Prefiro as minhas flores, o meu pomar, o meu xadrez, a conversa que estou tendo com você a uma imortalidade inferior, de nota de rodapé. Prefiro a obscuridade total!

Diante de tais palavras, minha admiração adolescente por ele como o Herói Romântico Ideal reacendeu-se. Mas agora vinha acompanhada de uma grande dose de realismo.

— Então, tio, era mesmo uma questão de tudo ou nada, hem?

Assentiu com a cabeça, devagar: — É, pode-se dizer que sim.

— E esse foi o fim da sua vida criativa? Alguma vez mais o senhor trabalhou na Conjectura de Goldbach?

Olhou-me surpreso: — Claro que sim! Para falar a verdade, foi depois disso que eu realizei o meu trabalho mais importante. — Ele sorriu. — Daqui a pouco nós chegaremos a isso, meu caro rapaz. Não se preocupe, na minha história não vai haver *ignorabimus*!

De repente, riu alto de sua própria piada, demasiado alto para quem estava à vontade, pensei. Em seguida, inclinou-se para mim e perguntou em voz baixa: — Você aprendeu o Teorema da Incompletude, de Gödel?

— Aprendi — confirmei — mas eu não entendo o que isso tem a ver com...

Ergueu a mão de forma brusca, interrompendo-me.

— "*Wir müssen wissen, wir werden wissen! In der Mathematik gibt es kein ignorabimus*" — declamou estridentemente, tão alto que sua voz ecoou nos pinheiros e voltou, para me ameaçar e assombrar. A teoria de insanidade proposta por Sammy passou de imediato por minha cabeça. Teriam todas aquelas recordações agravado seu estado? Teria meu tio, por fim, endoidecido? Senti-me aliviado quando prosseguiu em um tom mais normal: — "Temos de saber, havemos de saber! Na matemática não existe *ignorabimus!*", assim disse o grande David Hilbert, no Congresso Internacional de 1900. Uma proclamação da matemática como o paraíso da Verdade Absoluta. A visão de Euclides, a visão de Consistência e Completude...

Tio Petros retomou sua história.

A visão de Euclides foi a transformação de uma coletânea casual de observações numéricas e geométricas em um sistema bem articulado, em que partindo-se de verdades elementares aceitas *a priori* é possível avançar-se, utilizando operações lógicas, passo a passo, até à demonstração rigorosa de todos os enunciados verdadeiros: a matemática como uma árvore de raízes fortes (os Axiomas), tronco sólido (Demonstração Rigorosa) e ramos sempre crescentes cheios de maravilhosas flores (os Teoremas). Todos os matemáticos posteriores, geômetras, especialistas em Teoria dos Números, algebristas, e, mais recentemente, analistas, topologistas, geômetras algébricos, especialistas em Teoria dos Grupos etc., os profissionais de todas as novas disciplinas que continuam surgindo até hoje (novos ramos da mesma árvore antiga) nunca se desviaram da rota do grande pioneiro: Axiomas-Demonstração Rigorosa-Teoremas.

Com um sorriso amargo, Petros relembrou a invariável exortação de Hardy a qualquer um que o fosse incomodar com hipóteses (especialmente ao pobre Ramanujan, cuja mente as produzia como grama em solo fértil): "Demonstre! Demonstre!". Na verdade, como Hardy gostava de ressaltar, caso fosse necessário um dístico heráldico para uma família nobre de matemáticos, não poderia haver um melhor que *Quod Erat Demonstrandum.*

Em 1900, durante o Segundo Congresso Internacional de Matemáticos, realizado em Paris, Hilbert anunciou que era chegado o momento de expandir o antigo sonho até suas últimas consequências. Os matemáticos tinham agora à sua disposição, ao contrário de Euclides, a linguagem da Lógica Formal, que lhes permitia examinar, de forma rigorosa, a matemática em si. A santíssima trindade Axiomas-Demonstração Rigorosa-Teoremas deveria, a partir dali, ser aplicada não só aos números, formas ou identidades algébricas das várias teorias matemáticas, mas às próprias teorias. Os matemáticos poderiam por fim demonstrar com rigor o que por dois milênios fora sua principal e inquestionável crença, o âmago da visão: que em matemática todo enunciado verdadeiro é demonstrável.

Alguns anos depois, Russell e Whitehead publicaram o monumental *Principia Mathematica*, propondo pela primeira vez uma forma totalmente precisa de se falar sobre dedução, a Teoria da Demonstração. No entanto, embora essa nova ferramenta trouxesse consigo a grande promessa de uma resposta definitiva à exigência de Hilbert, os dois lógicos ingleses não conseguiram demonstrar a propriedade crucial. A "completude das teorias matemáticas" (ou seja, o fato de que dentro delas todo enunciado verdadeiro é demonstrável) não havia ainda sido provada, mas agora não restava a menor dúvida de que um dia, muito em breve, tal acabaria por acontecer. Os matemáticos continuavam a acreditar, como Euclides acreditara, que habitavam o Reino da Verdade Absoluta. O grito de vitória saído do Congresso de Paris, "*Temos* de saber, *havemos* de saber, na Matemática não existe *ignorabimus*", ainda continuava a constituir o inabalável artigo de fé de todo matemático em atividade.

Interrompi aquela excursão histórica um tanto inflamada: — Eu sei de tudo isso, tio. Como o senhor me recomendou que aprendesse o teorema de Gödel, tive também que pesquisar a formação dele.

— Não é a formação — corrigiu-me —, é a psicologia. Você tem que entender o clima emocional em que os matemáticos trabalhavam naqueles dias felizes, antes de Kurt Gödel. Você me perguntou de onde eu tirei coragem para continuar depois da minha grande decepção. Bem, aqui está como...

Embora não tivesse ainda conseguido alcançar sua meta e demonstrar a Conjectura de Goldbach, Tio Petros estava convicto de que sua meta era alcançável. Sendo ele o bisneto espiritual de Euclides, sua confiança nisso era total. Já que a Conjectura quase certamente era válida (ninguém, com exceção de Ramanujan e seus vagos "pressentimentos", havia alguma vez realmente duvidado disso), sua demonstração estava em algum lugar, em alguma forma.

Prosseguiu com um exemplo.

— Imagine que um amigo lhe diz que perdeu uma chave em algum lugar da casa e pede a você que o ajude a procurar. Se você acredita que ele não tem problemas de memória e confia plenamente na integridade dele, o que é que isso quer dizer?

— Quer dizer que ele perdeu mesmo a chave em algum lugar da casa.

— E se ele ainda garantir que ninguém mais entrou na casa desde que a chave sumiu?

— Então podemos concluir que ela não foi tirada da casa.

— *Ergo?*

— *Ergo*, a chave ainda está lá, e se procurarmos o tempo necessário, a casa sendo finita, mais cedo ou mais tarde vamos achá-la.

Meu tio aplaudiu. — Excelente! Foi essa certeza que renovou o meu otimismo. Depois de estar recuperado da minha primeira decepção, um belo dia me levantei e falei comigo mesmo: "Que diabo, essa demonstração ainda está por aí, em algum lugar!".

— E aí?

— E aí, meu rapaz, já que a demonstração existia, não havia mais nada a fazer a não ser encontrá-la!

Eu não estava conseguindo acompanhar seu raciocínio.

— Eu não estou entendendo como isso servia de consolo, Tio Petros: o fato de a demonstração existir não significava de maneira nenhuma que o *senhor* é que ia descobri-la!

Lançou-me um olhar penetrante por eu não ter visto de imediato o óbvio. — Havia alguém no mundo mais bem preparado para fazê-lo do que eu, Petros Papachristos?

A questão era claramente retórica e por isso não me dei ao trabalho de respondê-la. Mas eu estava confuso. O Petros Papachristos a que se referia era um homem diferente do senhor apagado e recolhido que eu conhecia desde a infância.

Naturalmente, ele levara algum tempo para se recuperar da leitura da carta de Hardy e das notícias desanimadoras. Mas se recuperou. Recompôs-se e, com a esperança renovada pela crença na "existência da demonstração em algum lugar por aí", reiniciou sua pesquisa, um homem ligeiramente mudado. O infortúnio, ao expor uma certa dose de vaidade presente em sua busca maníaca, despertara nele um sentimento de paz, um sentido de que a vida continuava independentemente da Conjectura de Goldbach. Seu horário de trabalho tornara-se agora mais flexível; sua mente, ajudada também por interlúdios de xadrez, estava mais tranquila, apesar do esforço constante.

Além disso, a mudança para o método algébrico, já decidida em Innsbruck, fê-lo sentir outra vez a emoção de um novo começo, a alegria de estar entrando em território virgem.

Durante cem anos, desde o artigo de Riemann, de meados do século XIX, a tendência dominante na Teoria dos Números fora a analítica. Agora, ao recorrer à abordagem antiga e elementar, meu tio estava na vanguarda de um importante retrocesso, se me permitem o oximoro. Caso nenhuma outra parte de seu trabalho seja lembrada pelos historiadores de matemática, que ao menos lhe façam jus por isso.

É preciso ressaltar que, no contexto da Teoria dos Números, o termo "elementar" não pode de forma alguma ser considerado sinônimo de "simples" e muito menos de "fácil". As técnicas do método elementar foram as utilizadas por Diofante, Euclides, Fermat, Gauss e Euler na obtenção de seus grandes resultados e são elementares apenas no sentido de que derivam dos elementos da matemática, das operações aritméticas básicas e dos métodos da álgebra clássica sobre os números reais. Apesar da eficácia das técnicas analíticas, o método elementar permanece mais próximo das propriedades fundamentais dos números inteiros, e os resultados alcançados através dele são, de uma forma intuitiva, mais claros para o matemático, mais profundos.

O boato de que Petros Papachristos, da Universidade de Munique, tivera um pouco de azar e adiara a publicação de um trabalho muito importante saíra já de Cambridge. Colegas especialistas em Teoria dos Números começaram a pedir sua opinião. Era convidado para seus encontros, aos quais, dali em diante, não deixou de comparecer, animando seu monótono estilo de vida com viagens esporádicas. Também vazara a informação (aqui graças ao diretor da Faculdade de Matemática) de que ele estava trabalhando na dificílima Conjectura de Goldbach, o que fez com que seus colegas o olhassem com uma mistura de espanto e solidariedade.

Em um encontro internacional, cerca de um ano após seu retorno a Munique, deparou-se com Littlewood. — Como vai o trabalho com a Conjectura, meu caro?

— Como de costume.

— É verdade o que eu soube, que você está usando métodos algébricos?

— É verdade.

Littlewood manifestou sua desconfiança e Petros surpreendeu a si próprio ao falar abertamente sobre o conteúdo de sua pesquisa. — Afinal de contas, Littlewood — concluiu —, eu conheço o problema melhor que qualquer outra pessoa. A minha intuição me diz que a verdade expressa pela Conjectura é tão fundamental que só uma abordagem elementar pode revelá-la.

Littlewood encolheu os ombros. — Eu respeito a sua intuição, Papachristos; é que você está totalmente isolado. Sem uma troca constante de ideias, você pode acabar lutando com fantasmas sem se dar conta disso.

— Então, o que você me recomenda? — brincou Petros.

— Divulgar relatórios semanais sobre o progresso da minha pesquisa?

— Ouça — disse Littlewood, com um ar sério. — Você devia achar algumas pessoas em cujo julgamento e integridade você confie. Comece a compartilhar; *troque*, meu caro!

Quanto mais Petros pensava naquela sugestão, mais ela fazia sentido. Para sua grande surpresa, percebeu que, ao invés de assustá-lo, a ideia de discutir o avanço em sua investigação enchia-o de prazerosa expectativa. Claro que sua plateia teria de ser pequena, realmente muito pequena. Se era para ser constituída por pessoas "em cujo julgamento e integridade ele confiasse", então seria necessariamente uma plateia de apenas dois: Hardy e Littlewood.

Retomou a correspondência com eles, interrompida dois anos após sua saída de Cambridge. Indiretamente, deu-lhes a entender que gostaria de marcar um encontro durante o qual apresentaria seu trabalho. Próximo ao Natal de 1931, recebeu um convite oficial para passar o ano seguinte no Trinity College. Sabia que Hardy deveria ter utilizado toda sua influência para garantir a oferta, já que, para todos os efeitos, ele, Petros, estivera ausente do mundo matemático por um longo tempo. A gratidão, combinada com a emocionante perspectiva de uma troca criativa com os dois grandes especialistas em Teoria dos Números, levou-o a aceitar de imediato.

Petros descreveu seus primeiros meses na Inglaterra, no ano acadêmico de 1932-33, como provavelmente os mais felizes de sua vida. Lembranças da primeira estadia ali, quinze anos antes, encheram seus dias em Cambridge com o entusiasmo do início da juventude, como se ainda intocado pela possibilidade do fracasso.

Logo depois da chegada, apresentou a Hardy e Littlewood o esquema de seu trabalho com o método algébrico até a data, o que lhe deu o primeiro sabor, após mais de uma década, da satisfação proveniente do reconhecimento de seus pares. Passou várias manhãs no quadro-negro do gabinete de Hardy traçando os progressos obtidos nos três anos desde a mudança radical para as técnicas analíticas. Seus dois célebres colegas, que a princípio estavam extremamente céticos, começavam agora a ver algumas vantagens em sua abordagem, Littlewood mais que Hardy.

— Você tem que entender — disse-lhe Hardy — que está correndo um risco enorme. Se você não conseguir levar essa abordagem até o fim, vai ficar com quase nada na mão. Os resultados intermediários de divisibilidade, embora sejam bastante encantadores, não apresentam mais grande interesse. A não ser que, apesar do pouco valor que eles possuem em si, você consiga convencer as pessoas de que eles podem ser úteis na demonstração de teoremas importantes, como a Conjectura.

Petros, como sempre, sabia bem dos riscos que corria.

— Mesmo assim, algo me diz que você pode estar no caminho certo — encorajou-o Littlewood.

— É — resmungou Hardy. — Mas, por favor, ande rápido, Papachristos, antes que a sua mente comece a apodrecer, como está acontecendo com a minha. Não se esqueça de que na sua idade Ramanujan já estava morto há cinco anos!

Aquela primeira apresentação acontecera no início do ano letivo, quando folhas amarelas já caíam por detrás das janelas góticas. Durante os meses de inverno que se seguiram, o trabalho de meu tio avançou mais que nunca. Nessa época, começou também a utilizar o método ao qual chamava "geométrico". Principiou por representar todos os números compostos (isto é, não primos) dispondo pontos em um paralelogramo, com o menor divisor primo como largura e o quociente do número por ele como altura. Por exemplo, 15 é representado por 3 x 5 linhas; 25, por 5 x 5; 35, por 5 x 7 linhas:

Por este método, todos os números pares são representados como colunas duplas, como 2 x 2, 2 x 3, 2 x 4, 2 x 5 etc.

Já os números primos, que, ao contrário, não possuem divisores inteiros, aparecem representados como linhas simples, por exemplo 5, 7, 11:

• • • • •   • • • • • • •   • • • • • • • • • • •

Petros estendeu os *insights* dessa analogia geométrica elementar para chegar a conclusões número-teóricas.

Após o Natal, Petros divulgou os primeiros resultados. Como, porém, ao invés de caneta e papel, usou feijão para expor seu modelo, o que aconteceu no chão do gabinete de Hardy, sua nova abordagem ganhou de Littlewood um título escarnecedor. Embora o mais jovem admitisse que talvez "o famoso método do feijão, de Papachristos" tivesse alguma utilidade, Hardy estava agora francamente irritado.

— Veja só, feijão! — exclamou Hardy. — Existe uma diferença enorme entre elementar e infantil... Não se esqueça, Papachristos, essa maldita Conjectura é *difícil* — se não fosse, o próprio Goldbach a teria demonstrado!

Petros, no entanto, confiava em sua intuição e atribuía a reação de Hardy à "constipação intelectual decorrente da idade" (palavras dele).

— As grandes verdades da vida são simples — disse a Littlewood, mais tarde, quando os dois tomavam chá em seus aposentos. Littlewood opôs-se, mencionando a demonstração extremamente complexa do Teorema dos Números Primos, apresentada por Hadamard e De La Vallée-Poussin.

Em seguida fez uma proposta: — O que você me diz de trabalhar com a *verdadeira* matemática, meu caro? Já há algum tempo venho me dedicando ao Décimo Problema de Hilbert, a solubilidade das equações diofantinas. Eu tenho uma ideia que quero testar, mas acho que preciso de ajuda com a álgebra. Será que você pode me dar uma mãozinha?

Contudo, Littlewood teria de procurar sua ajuda algébrica em outro lugar. Embora Petros considerasse a confiança demonstrada pelo colega lisonjeadora, recusou a proposta. Estava demasiado envolvido com a Conjectura, explicou, profundamente absorvido nela para conseguir se preocupar com qualquer outra coisa.

Sua crença, sustentada por uma teimosa intuição, na "infantil" (segundo Hardy) abordagem geométrica era tão grande que, pela primeira vez desde que começara a trabalhar na Conjectura, tinha a sensação de estar a um passo da demonstração. Em um fim de tarde ensolarado de janeiro, chegou mesmo a viver alguns minutos de euforia, ao ter a breve ilusão de que havia conseguido; no entanto, um exame mais detalhado localizou um erro pequeno, porém crucial.

(Tenho de confessar, caro leitor: nesse momento da narrativa de meu tio senti, sem querer, um arrepio de felicidade vingativa. Lembrei-me daquele verão em Pilos, alguns anos antes, quando também eu, por um instante, pensei ter descoberto a demonstração da Conjectura, embora ainda não a conhecesse pelo nome.)

Apesar do grande otimismo de Petros, os ocasionais ataques de dúvidas que o acometiam, por vezes beirando o desespero (especialmente após o rebaixamento do método geométrico por Hardy), haviam se tornado mais fortes que nunca. Mesmo assim, não conseguiam dominar seu espírito. Ele os refutava, considerando-os fruto da inevitável angústia que antecede um grande triunfo, o início das dores de parto que levam ao nascimento da majestosa descoberta. Afinal, a noite é mais escura antes da aurora. Tinha certeza de que estava quase pronto para a investida final. Uma última dose concentrada de empenho era o necessário para lhe garantir o último *insight* brilhante.

Então, viria o glorioso desfecho...

O arauto da rendição de Petros Papachristos, o término de seus esforços para demonstrar a Conjectura de Goldbach, veio em um sonho que teve em Cambridge, um pouco depois do Natal, um presságio cujo pleno significado não percebeu de imediato.

Como muitos matemáticos trabalhando por longos períodos com problemas aritméticos básicos, Petros adquirira a faculdade conhecida como "amizade com os números inteiros", um vasto conhecimento das idiossincrasias, sutilezas e peculiaridades de milhares de números inteiros específicos. Alguns exemplos: um "amigo dos números inteiros" reconhece de imediato 199, 457 ou 1.009 como números primos. Associa automaticamente 220 a 284, pois estão ligados por uma relação fora do comum (a soma dos divisores inteiros de cada um é igual ao outro). Lê naturalmente 256 como 2 elevado a 8, o qual é seguido, e ele sabe bem disso, por um número com grande interesse histórico, já que 257 pode ser expresso como $2^{2^2}+1$ e uma famosa hipótese sustentou que todos os números da forma $2^{2^n}+1$ eram primos.[12]

O primeiro homem que meu tio conhecera que possuía essa faculdade (e elevada ao grau máximo) fora Srinivasa Ramanujan. Petros a vira demonstrada em diversas ocasiões, e, a propósito, relatou-me esta passagem:[13]

Um dia, em 1918, Hardy e ele visitavam-no no sanatório onde se encontrava doente. Para quebrar o gelo, Hardy comentou que o táxi que os trouxera tinha o número 1.729, o qual ele, pessoalmente, achava "muito maçante". Porém Ramanujan, após refletir por um breve instante, discordou com veemência: — Não, não, Hardy! É um número particularmente interessante, na verdade, é o menor número inteiro que pode ser expresso como a soma de dois cubos de duas formas diferentes![14]

---

[12] A forma geral foi enunciada pela primeira vez por Fermat, a partir da generalização de antigas observações segundo as quais tal era verdadeiro para os quatro primeiros valores de n, ou seja, $2^{2^1} + 1 = 5$, $2^{2^2} + 1 = 17$, $2^{2^3} + 1 = 257$, $2^{2^4} + 1 = 65.537$, todos números primos. No entanto, mais tarde, verificou-se que para $n = 5$, $2^{2^5} + 1$ é igual a 4.294.967.297, um número que é composto, já que é divisível pelos primos 641 e 6.700.417. As conjecturas nem sempre se mostram corretas!

[13] Hardy também relata o episódio em *A Mathematician's Apology* sem, contudo, mencionar a presença de meu tio.

[14] De fato, $1.729 = 12^3 + 1^3 = 10^3 + 9^3$, uma propriedade que não se aplica a nenhum outro número inteiro menor.

Durante os anos em que Petros trabalhou na Conjectura com a abordagem elementar, sua amizade com os números inteiros desenvolveu-se até um nível extraordinário. Após algum tempo, os números deixaram de ser entidades inanimadas; tornaram-se para ele quase seres vivos, cada um com uma personalidade distinta. Na realidade, junto com a certeza de que a solução estava em algum lugar, isso ajudou-o a prosseguir nos tempos mais difíceis: trabalhando com os números inteiros, sentia-se, para citá-lo diretamente, "sempre entre amigos".

Essa familiaridade provocou um afluxo de números específicos a seus sonhos. Da massa anônima e indefinida de números inteiros que até ali comprimiam seus dramas noturnos, atores individuais começavam agora a surgir, eventuais protagonistas mesmo. O 65, por alguma razão, aparecia como um homem de negócios inglês, com chapéu-coco e guarda-chuva enrolado, sempre em companhia de um de seus divisores primos, o 13, uma espécie de duende, ágil e veloz como um raio. O 333 era um gordo desajeitado, que roubava bocados de comida da boca de seus irmãos 222 e 111, e o 8.191, conhecido como "Número Primo de Mersenne", usava invariavelmente o traje completo de um *gamin* francês, inclusive com um cigarro Gauloise na boca.

Algumas das visões eram divertidas e agradáveis, outras indiferentes, outras ainda repetitivas e maçantes. Havia, no entanto, uma categoria de sonho aritmético que só poderia ser chamado de pesadelo, quer fosse por horror ou agonia, quer fosse por sua tristeza profunda e insondável. Determinados números pares surgiam, personificados como duplas de gêmeos idênticos. (É bom lembrar que um número par tem sempre a forma $2k$, a soma de dois números inteiros iguais). Os gêmeos observavam-no fixamente, imóveis e sem expressão. Mas havia uma grande angústia, embora muda, em seu olhar, a angústia do desespero. Caso pudessem falar, suas palavras seriam: — Venha! Por favor. Depressa! Liberte-nos!

Foi uma variação dessas tristes aparições que acabou por acordá-lo em uma noite, no fim de janeiro de 1933. Esse foi o sonho que mais tarde Petros chamou de "o arauto da derrota".

Ele sonhou com 2^{100} (2 elevado a 100, um número enorme) personificado como duas lindas garotas sardentas e idênticas cujos olhos escuros fitavam os dele. Agora, porém, não havia apenas tristeza em seu olhar, como acontecera nas visões anteriores dos Números Pares; havia raiva, ódio mesmo. Depois de encará-lo por um longo período (isso, por si só, já era razão suficiente para classificar o sonho de pesadelo), uma das gêmeas sacudiu a cabeça negativamente, com movimentos abruptos e espasmódicos. Em seguida, sua boca se contorceu em um sorriso cruel, a crueldade típica de uma amante rejeitada.

— Você nunca vai nos pegar — sibilou.

Com isso, Petros, banhado em suor, pulou da cama. As palavras de 2^{99} (que é metade de 2^{100}) só podiam significar uma coisa: ele não estava fadado a demonstrar a Conjectura. Claro, ele não era uma velha supersticiosa que daria crédito indevido a augúrios. Entretanto, a profunda exaustão, resultado de muitos anos infrutíferos, começara a se manifestar. Seus nervos não eram mais tão fortes e o sonho deixara-o muito transtornado.

Sem conseguir voltar a dormir, saiu para andar nas ruas escuras e cobertas de nevoeiro, tentando livrar-se de sua melancolia. Enquanto caminhava, ao amanhecer, por entre os prédios antigos de pedra, ouviu de súbito passos se aproximando, e, tomado pelo pânico, virou-se bruscamente para trás. Um jovem com uma roupa de esporte saiu da neblina, correndo com vigor, cumprimentou-o e desapareceu outra vez, sua respiração cadenciada diminuindo até o silêncio total.

Ainda desnorteado pelo pesadelo, Petros não sabia ao certo se aquela imagem havia sido real ou um transbordamento do mundo dos seus sonhos. Quando, todavia, alguns meses depois, aquele mesmo jovem foi a seus aposentos no Trinity, em missão fatídica, logo o reconheceu como sendo o corredor daquela manhã. Após o rapaz ter saído, Petros percebeu então que o primeiro encontro ao amanhecer, depois da visão de 2^{100}, transmitira de forma enigmática o sombrio aviso, com a mensagem de derrota.

O encontro fatal aconteceu alguns meses após o primeiro. Em seu diário, Petros assinala a data exata com um comentário lacônico, a primeira e última referência cristã que encontrei em suas anotações: "17 de março de 1933. Teorema de Kurt Gödel. Que Maria, Mãe de Deus, tenha piedade de mim!".

Era final de tarde, e ele passara o dia todo em seus aposentos, sentado na beira da poltrona, estudando paralelogramos de feijões dispostos no chão, à sua frente, perdido em pensamentos, quando alguém bateu à porta.

— Professor Papachristos?

Uma cabeça loura surgiu. Petros tinha uma memória visual poderosa e de imediato reconheceu o jovem corredor, que se desculpou por incomodá-lo. — Desculpe eu ir entrando sem pedir licença, professor — disse —, mas estou precisando demais da sua ajuda.

Petros ficou bastante surpreso: imaginara que sua presença em Cambridge tivesse passado totalmente desapercebida. Não era famoso, não era sequer muito conhecido e, fora as aparições quase que todas as noites no clube de xadrez da universidade, não trocara duas palavras com qualquer outra pessoa além de Hardy e Littlewood durante sua estadia.

— Minha ajuda em quê?

— Ah, para decifrar um texto difícil em alemão, um texto *matemático*. — O rapaz, mais uma vez, pediu desculpas por se atrever a tomar seu tempo com uma tarefa tão modesta. No entanto, aquele artigo específico era tão importante para ele que, ao saber que um experiente matemático da Alemanha se encontrava no Trinity, não pode se conter e foi lhe pedir auxílio na tradução precisa.

Havia uma ansiedade tão infantil em seu comportamento que Petros não conseguiu negar o pedido.

— Fico contente em ajudar, se eu puder. De que área é o artigo?

— É da Lógica Formal, professor. Os *Grundlagen*, os Fundamentos da Matemática.

Petros sentiu-se aliviado pelo material não pertencer à Teoria dos Números; por um momento temera que o jovem visitante quisesse sondá-lo acerca de seu trabalho na Conjectura, utilizando a dificuldade com a língua como mero pretexto. Como já havia quase terminado o trabalho do dia, pediu ao rapaz que se sentasse.

— Como é mesmo o seu nome?

— Alan Turing, professor. Sou aluno da graduação.

Turing entregou-lhe o periódico contendo o artigo, aberto na página exata.

— Ah, a *Monatshefte für Mathematik und Physik* — observou Petros — a *Revista Mensal de Matemática e Física*, uma publicação muito respeitada. O título do artigo é, deixe-me ver, "Über formal unentscheidbare Sätze der *Principia Mathematica* und verwandter Systeme". Traduzindo, isso ficaria... Vejamos... "Sobre as proposições formalmente indecidíveis dos *Principia Mathematica* e sistemas semelhantes". O autor é um tal de Kurt Gödel, de Viena. Ele é conhecido nessa área?

Turing olhou-o surpreso. — O senhor quer dizer que nunca ouviu falar sobre esse artigo, professor?

Petros sorriu: — Meu caro jovem, a matemática também foi infectada pela praga moderna, a superespecialização. Receio não ter a menor ideia do que está acontecendo nem na Lógica Formal, nem em qualquer outra área, para ser sincero. Fora da Teoria dos Números, infelizmente, sou um ignorante total.

— Mas professor — retorquiu Turing —, o Teorema de Gödel interessa a *todos* os matemáticos, e aos especialistas em Teoria dos Números em particular! Ele se aplica principalmente à base da aritmética, o sistema axiomático de Peano-Dedekind.

Para espanto de Turing, Petros também não sabia direito o que era o sistema axiomático de Peano-Dedekind. Como a maioria dos matemáticos em atividade, considerava a Lógica Formal, a área cuja principal disciplina é a própria matemática, uma preocupação exagerada e, muito provavelmente, desnecessária. Via suas incansáveis tentativas de fundamentação rigorosa e seu interminável exame de princípios básicos como, mais ou menos, uma perda de tempo. O ditado popular, "se não está quebrado, não tente consertar", definia bem essa postura: a função de um matemático era tentar demonstrar teoremas, não ficar analisando a condição de sua base não expressa e incontestada.

Apesar disso, entretanto, a paixão com que o visitante falava despertara a curiosidade de Petros. — Então, o que é que esse jovem Gödel demonstrou, que interessa tanto aos especialistas em Teoria dos Números?

— Ele resolveu o Problema da Completude — anunciou Turing, com um brilho no olhar.

Petros sorriu. O Problema da Completude não era mais que a busca por uma demonstração formal do fato de que todos os enunciados verdadeiros são, em última análise, demonstráveis.

— Ah, que bom — disse Petros, com educação. — Tenho que lhe dizer, porém, e sem querer ofender o senhor Gödel, claro, que para o pesquisador ativo, a completude da matemática sempre foi óbvia. Mesmo assim, é agradável saber que alguém, por fim, sentou e a demonstrou.

Mas Turing sacudia a cabeça discordando, o rosto corado de entusiasmo. — Essa é exatamente a questão, professor Papachristos: Gödel *não* a demonstrou!

107

Petros estava confuso. — Eu não estou entendendo, senhor Turing... O senhor não acabou de dizer que esse rapaz resolveu o Problema da Completude?

— Sim, professor, mas contrariamente a todas as expectativas, inclusive às de Hilbert e às de Russell, ele resolveu pela negativa! Ele demonstrou que a aritmética e todas as teorias matemáticas *não* são completas!

Petros não era familiarizado o suficiente com os conceitos da Lógica Formal para perceber, de imediato, as totais implicações daquelas palavras. — Como disse?

Turing, ajoelhado ao pé de sua poltrona, apontava animado para os símbolos arcanos que recheavam o artigo de Gödel. — Aqui está: esse gênio demonstrou, *demonstrou de modo convincente*, que, independentemente dos axiomas aceitos, uma teoria dos números vai necessariamente conter proposições indemonstráveis!

— O senhor, é claro, está se referindo às proposições *falsas*?

— Não, eu estou me referindo às proposições *verdadeiras*; verdadeiras mas impossíveis de serem demonstradas.

Petros ficou assustado: — Isso não é possível!

— Ah, isso é que é, e a prova está bem aqui, nestas quinze páginas: "A verdade nem sempre é demonstrável!".

Meu tio sentiu-se dominado por uma súbita tonteira: — Mas... mas não pode ser.

Petros percorreu com rapidez as páginas, esforçando-se para assimilar em um instante, se possível, o complexo argumento do artigo, resmungando, indiferente à presença do rapaz.

— É obsceno... uma anormalidade... uma aberração...

Turing sorria com presunção. — É assim que todos os matemáticos reagem no princípio... mas Russell e Whitehead examinaram a demonstração de Gödel e a proclamaram perfeita. Para falar a verdade, o termo usado por eles foi "primorosa".

Petros fez uma careta. — "Primorosa"? Mas o que ela demonstra, se é que realmente demonstra alguma coisa, o que eu me recuso a acreditar, é o *fim da matemática*!

Por horas, estudou com cuidado o texto, que, embora curto, era extremamente denso. Traduzia à medida que Turing lhe explicava os conceitos subjacentes da Lógica Formal, com os quais não era familiarizado. Uma vez terminada a leitura, recomeçaram desde o início, analisando a demonstração passo a passo, enquanto Petros procurava desesperadamente uma falha na dedução.

Era o começo do fim.

Já passava da meia-noite quando Turing saiu. Petros não conseguia dormir. Na manhã seguinte, foi direto ver Littlewood. Para sua grande surpresa, ele já conhecia o Teorema da Incompletude, de Gödel.

— Como é que você nunca falou nada sobre ele? — perguntou Petros. — Como é que você pode estar tão calmo sabendo da existência de uma coisa dessas?

Littlewood não compreendia: — Por que você está tão chateado, meu caro? Gödel está pesquisando alguns casos muito especiais; ele está examinando paradoxos que, à primeira vista, são inerentes a todos os sistemas axiomáticos. O que é que isso tem a ver conosco, matemáticos da linha de frente?

Contudo, Petros não se acalmou com facilidade: — Mas você não percebe, Littlewood? A partir de agora, para cada enunciado ainda indemonstrado teremos que perguntar se pode ser um caso de aplicação do Teorema da Incompletude... Toda hipótese ou conjectura importante pode ser indemonstrável *a priori*! A afirmação de Hilbert, "na matemática não existe *ignorabimus*", não se aplica mais; o chão que nós pisávamos foi retirado dos nossos pés!

Littlewood encolheu os ombros. — Eu não entendo para que se preocupar tanto com as poucas verdades indemonstráveis, quando existem bilhões de outras demonstráveis a serem investigadas!

— Que diabo, eu sei, mas como é que vamos descobrir *qual é qual?*

Embora a reação calma de Littlewood devesse ter sido reconfortante, uma nota de otimismo bem-vinda após o desastre da noite anterior, ela não deu a Petros uma resposta definitiva para a única questão, aterrorizadora e atordoante, que lhe viera à cabeça no momento em que soube do resultado de Gödel. A questão era tão terrível que ele mal ousava formulá-la: E se o teorema da Incompletude também se aplicasse ao *seu* problema? E se a Conjectura de Goldbach fosse indemonstrável?

Dos aposentos de Littlewood foi direto falar com Alan Turing, em sua faculdade, e perguntou-lhe se, depois do trabalho original de Gödel, mais algum progresso havia sido feito em relação ao Teorema da Incompletude. Turing não sabia. Pelo visto, apenas uma pessoa no mundo poderia responder à sua pergunta.

Petros deixou um bilhete para Hardy e Littlewood, dizendo ter um assunto urgente para tratar em Munique, e nessa mesma noite atravessou o Canal da Mancha. No dia seguinte, estava em Viena. Localizou seu homem através de um conhecido do mundo acadêmico. Falaram-se por telefone e, como Petros não queria ser visto na universidade, marcaram um encontro no bar do Hotel Sacher.

Kurt Gödel chegou na hora certa, um rapaz magro, de estatura mediana, com pequenos olhos míopes por detrás de grossas lentes. Petros não perdeu tempo: — Quero fazer uma pergunta, *Herr* Gödel, mas é estritamente confidencial.

Gödel, que por natureza sentia-se desconfortável em ocasiões sociais, ficou ainda mais constrangido. — É um assunto pessoal, *Herr* professor?

— É profissional, mas como se refere à minha pesquisa pessoal eu gostaria... ou melhor, eu exijo que fique só entre nós dois. Por favor, *Herr* Gödel, me diga: existe algum procedimento para determinar se o seu teorema se aplica a uma dada hipótese?

Gödel deu-lhe a resposta que receava: — Não.

— Então, na realidade, não se pode determinar *a priori* quais enunciados são demonstráveis e quais não são?

— Até onde eu sei, professor, todo enunciado indemonstrado pode, em princípio, ser indemonstrável.

Com isso, Petros enfureceu-se. Sentiu um impulso irresistível de agarrar o pai do Teorema da Incompletude pela nuca e bater sua cabeça na superfície brilhante da mesa. Porém, conteve-se, inclinou-se para a frente e apertou o braço de Gödel com firmeza.

— Passei a vida inteira tentando demonstrar a Conjectura de Goldbach — disse-lhe, em tom baixo e intenso — e agora o senhor vem me dizer que talvez ela seja indemonstrável?

O rosto já pálido de Gödel ficou totalmente sem cor.

— Em teoria, sim...

— Que se dane a teoria! — O grito de Petros fez as cabeças da distinta clientela do bar virarem-se na direção deles. — O senhor não vê que eu preciso *ter certeza*? Eu tenho o direito de saber se estou desperdiçando a minha vida!

Apertava o braço de Gödel com tanta força que este fez uma careta de dor. De repente, sentiu vergonha de seu comportamento. Afinal, o pobre homem não era pessoalmente responsável pela incompletude da matemática, ele apenas a descobrira! Petros largou seu braço, resmungando desculpas.

Gödel tremia. — Eu co-compreendo como o senhor está se sentindo, professor — gaguejou —, mas re-receio que, por enquanto, não há como responder à su-sua pergunta.

A partir dali, a vaga ameaça insinuada pelo Teorema da Incompletude, de Gödel, deu origem a uma ansiedade implacável que foi gradualmente obscurecendo cada minuto de sua vida, acabando por derrotar seu espírito de luta.

Isso não aconteceu da noite para o dia, é claro. Petros persistiu em sua pesquisa por mais alguns anos, mas era já um outro homem. Daquele momento em diante, quando trabalhava, fazia-o com pouco entusiasmo, mas quando se desesperava, seu desespero era completo, tão intolerável, na verdade, que assumiu a forma de indiferença, um sentimento muito mais suportável.

— Veja bem — explicou-me Petros —, o Teorema da Incompletude, desde o primeiro instante em que ouvi falar dele, destruiu a certeza que alimentava os meus esforços. Ele me mostrou que havia uma probabilidade real de eu ter andado vagando num labirinto cuja saída eu nunca encontraria, nem que eu tivesse cem vidas para procurar. E isso por uma razão muito simples: porque era possível que a saída não existisse, que o labirinto fosse uma infinidade de becos sem saída! Ah, predileto dos sobrinhos, eu comecei a acreditar que tinha desperdiçado a minha vida perseguindo uma quimera!

Ilustrou sua nova situação, recorrendo outra vez ao exemplo que dera antes. O amigo hipotético que pedira ajuda para procurar uma chave desaparecida em sua casa poderia (ou não, *mas não havia como saber*) estar sofrendo de amnésia. Era possível que a "chave perdida" nunca tivesse sequer existido!

A segurança confortadora, na qual os esforços de duas décadas haviam se apoiado, desaparecera de um momento para o outro. Agora visitas frequentes dos Números Pares aumentavam sua ansiedade. Apareciam praticamente todas as noites, enchendo seus sonhos de presságios ruins. Novas imagens assombravam seus pesadelos, variações constantes de temas de fracasso e derrota. Muros altos eram erigidos entre ele e os Números Pares, que se retiravam aos bandos, mais e mais distantes, cabeças baixas, um exército triste e derrotado desaparecendo na escuridão de amplos espaços vazios e devastados... Porém, a pior dessas visões, a que nunca deixava de acordá-lo, tremendo e banhado em suor, era a do 2^{100}, as duas lindas garotas sardentas e de olhos escuros. Encaravam-no em silêncio, os olhos rasos d'água, afastando-se em seguida lentamente, mais e mais, suas feições sendo aos poucos consumidas pela escuridão.

O significado do sonho era claro; não era necessário um adivinho ou um psicanalista para decifrar seu triste simbolismo: o Teorema da Incompletude aplicava-se a seu problema. A Conjectura de Goldbach era indemonstrável *a priori*.

Ao voltar a Munique, depois do ano passado em Cambridge, Petros retomou a rotina externa que estabelecera antes da partida: docência, xadrez e também um mínimo de vida social; como agora não tinha nada melhor para fazer, começou a aceitar os poucos convites. Era a primeira vez desde a infância que a preocupação com verdades matemáticas não ocupava o papel central em sua vida. E embora tivesse continuado a pesquisa por um tempo, o antigo fervor desaparecera. A partir dali, despendia apenas algumas horas nela, trabalhando, meio ausente, em seu método geométrico. Ainda se levantava antes do amanhecer, ia à sala de estudo e andava devagar para cima e para baixo, caminhando com cautela por entre os paralelogramos de feijões dispostos no chão (havia empurrado toda a mobília contra as paredes para arranjar espaço). Pegava uns aqui, acrescentava outros ali, murmurando consigo mesmo. Essa situação estendia-se por algum tempo, após o qual Petros dirigia-se lentamente até a poltrona, sentava-se, suspirava e voltava sua atenção para o tabuleiro de xadrez.

Essa rotina prolongou-se por mais dois ou três anos, e o tempo gasto por dia em sua excêntrica forma de "pesquisa" foi diminuindo até quase zero. Foi quando, perto do fim de 1936, Petros recebeu um telegrama de Alan Turing, que estava na Universidade Princeton:

DEMONSTREI A IMPOSSIBILIDADE DE UMA DECIDABILIDADE
A PRIORI PT

Exatamente: PT. Isso significava, na verdade, que era impossível saber-se de antemão se determinado enunciado matemático é demonstrável: se já tiver sido demonstrado, então obviamente é demonstrável; o que Turing constatou foi que enquanto o enunciado permanecer *in*demonstrado, não há como verificar se sua demonstração é impossível ou apenas muito difícil.

O corolário imediato desse resultado, no que dizia respeito a Petros, era que se ele prosseguisse a busca pela demonstração da Conjectura de Goldbach, teria de fazê-lo por conta própria. Caso continuasse a pesquisa, seria devido a puro otimismo e a um grande espírito de luta. No entanto, com o tempo, a exaustão, a má sorte, Kurt Gödel e, agora, Alan Turing agindo contra, Petros havia perdido essas duas qualidades.

PT.

Alguns dias após o telegrama de Turing (a data registrada em seu diário é 7 de dezembro de 1936), Petros avisou sua empregada que os feijões não seriam mais necessários. Ela varreu-os, lavou-os bem e os transformou em um apetitoso *cassoulet* para o jantar do *Herr* professor.

* * *

Tio Petros permaneceu em silêncio por algum tempo, olhando com desalento para as mãos. Fora do pequeno círculo de fraca luz amarela, formado à nossa volta pelo bulbo solitário, havia uma escuridão total.

— Então foi aí que o senhor desistiu? — perguntei suavemente.

Ele assentiu com a cabeça. — Foi.

— E o senhor nunca mais trabalhou na Conjectura de Goldbach?

— Nunca mais.

— E Isolde?

Minha pergunta pareceu surpreendê-lo. — Isolde? O que tem ela? — Eu pensei que o senhor tivesse decidido demonstrar a Conjectura para ganhar o amor dela, não estou certo?

Tio Petros sorriu com tristeza.

— Isolde me deu "a linda jornada", como diz o nosso poeta. Sem ela, talvez eu "nunca tivesse partido".[15] Porém, ela não passou do estímulo original. Alguns anos depois de eu ter começado a trabalhar na Conjectura, sua lembrança se esvaeceu, ela se tornou um fantasma, uma recordação agri-doce... As minhas ambições cresceram, ficaram mais elevadas.

Deu um suspiro. — Pobre Isolde! Ela foi morta durante o bombardeio aliado de Dresden, junto com as duas filhas. O marido, "o jovem e vistoso tenente" por quem ela me aban-donou, havia morrido antes na frente oriental.

A última parte da narrativa de meu tio não apresentava qualquer interesse matemático em particular:

Nos anos seguintes, a história, não a matemática, con-verteu-se na força determinante em sua vida. Os acontecimen-tos mundiais destruíram a barreira protetora que até ali o mantivera em segurança na torre de marfim de sua pesquisa. Em 1938, a Gestapo prendeu sua empregada e a enviou para o que naqueles dias ainda era chamado de "campo de traba-lho". Não colocou outra pessoa em seu lugar por acreditar ingenuamente que ela logo voltaria, atribuindo sua prisão a algum "mal-entendido". (Após o fim da guerra, um parente que havia sobrevivido informou Petros de sua morte, ocor-rida em 1943, em Dachau, a poucos quilômetros de Muni-que.) Começou a comer fora, voltando para casa apenas pa-

---

[15] Do poema "Ítaca", de Konstantinos Kaváfis.

ra dormir. Quando não se encontrava na universidade, estava no clube de xadrez, jogando, observando ou analisando partidas.

Em 1939, o diretor da Faculdade de Matemática, na altura um importante membro do partido nazista, sugeriu que Petros requeresse de imediato a cidadania alemã, tornando-se oficialmente um súdito do Terceiro Reich. Ele recusou, não por uma questão de princípios (Petros conseguiu atravessar a vida livre de qualquer fardo ideológico), mas porque a última coisa que queria era ter de se envolver, outra vez, com equações diferenciais. Esse parecia ser o objetivo do Ministério da Defesa, de onde, à primeira vista, partira a sugestão do pedido de cidadania. Depois da recusa, Petros tornou-se *persona non grata*. Em setembro de 1940, um pouco antes que a declaração de guerra da Itália à Grécia o tivesse transformado em estrangeiro inimigo sujeito a confinamento, foi demitido de seu cargo. Após um aviso amigável, deixou a Alemanha.

Por estar, segundo o rigoroso critério "trabalhos publicados", matematicamente inativo há mais de vinte anos, Petros não conseguiria qualquer função acadêmica e por isso retornou à sua terra natal. Durante os primeiros anos de ocupação das Potências do Eixo, morou na casa da família, localizada na avenida Rainha Sofia, no centro de Atenas, com o pai, há pouco enviuvado, e com Anargyros, o irmão recém-casado (meus pais haviam se mudado para uma casa própria), dedicando quase todo seu tempo ao xadrez. No entanto, a chegada de meus primos, com seu choro e suas brincadeiras de criança, logo se tornou um incômodo maior que os fascistas e nazistas ocupantes, e ele então mudou-se para a pequena casa de Ekali, quase nunca utilizada pela família.

Após a Libertação, meu avô, graças à sua influência, conseguiu assegurar para Petros a cátedra de Análise na Universidade de Atenas. Ele, porém, rejeitou a oferta, valendo-se da espúria desculpa de que "interferiria em sua pesquisa". (Neste caso, a teoria defendida por meu amigo Sammy, de que a

Conjectura de Goldbach não passava de mero pretexto para a ociosidade de meu tio, mostrava-se totalmente correta.) Dois anos mais tarde, o *pater familias* Papachristos morreu, deixando partes iguais do negócio para os três filhos e os principais cargos executivos apenas para meu pai e Anargyros. "O meu mais velho, Petros", determinava expressamente o testamento, "deverá reter o privilégio de prosseguir com sua importante pesquisa matemática", ou seja, o privilégio de ser sustentado pelos irmãos sem trabalhar.

— E depois disso? — perguntei, ainda com esperança de que pudesse haver uma surpresa reservada, uma inesperada reviravolta na última página.

— Depois disso, nada — concluiu. — Por quase vinte anos, a minha vida tem sido isso que você vê: xadrez e jardinagem, jardinagem e xadrez. Ah, e uma vez por mês, uma visita à instituição filantrópica fundada pelo seu avô, para ajudar na contabilidade. É para tentar salvar a minha alma, caso exista outro mundo.

Era quase meia-noite e eu estava exausto. Mesmo assim, achei que deveria terminar a noite de forma positiva e, após um grande bocejo e uma espreguiçadela, observei: — Tio, o senhor é admirável... se não for por mais nada, é pela coragem e pela grandeza com que o senhor aceitou o fracasso.

O comentário, entretanto, causou grande surpresa. — Do que é que você está falando? — perguntou meu tio. — Eu não fracassei!

Agora a surpresa era minha. — Não?

— Ah, não, não, não, meu caro rapaz! — Sacudia a cabeça, discordando com veemência. — Estou vendo que você não entendeu nada. Eu não fracassei, eu só tive azar!

— *Azar?* O senhor quer dizer azar por ter escolhido um problema tão difícil?

— Não — disse ele, totalmente espantado com minha incapacidade de compreender algo tão óbvio. — Azar, que, a propósito, é um termo suave demais para ser usado aqui, de ter escolhido um problema que não tinha solução. Você não estava me ouvindo? — Deu um forte suspiro. — Aos poucos, as minhas suspeitas foram se confirmando: a Conjectura de Goldbach é indemonstrável!

— Mas como é que o senhor pode ter certeza disso? — perguntei.

— Intuição — respondeu, encolhendo os ombros. — Na falta de demonstração, é a única ferramenta que resta ao matemático. Não pode haver outra explicação para o fato de uma verdade ser tão fundamental, tão simples de enunciar, e, ao mesmo tempo, tão resistente a qualquer tipo de raciocínio sistemático. Sem saber, eu tinha me envolvido em uma tarefa semelhante à de Sísifo.

Franzi as sobrancelhas. — Não sei não — retorqui. — Mas para mim...

Tio Petros, contudo, interrompeu-me com uma risada.

— Você pode até ser inteligente — disse ele —, mas em termos matemáticos você não passa de um feto, enquanto eu, no meu tempo, era um verdadeiro gigante. Por isso, nem tente comparar a sua intuição com a minha, predileto dos sobrinhos!

Contra isso, é claro, eu não podia argumentar.

TRÊS

Minha primeira reação àquele extenso relato autobiográfico foi de admiração. Tio Petros dera-me a conhecer os fatos de sua vida com uma honestidade extraordinária. Apenas alguns dias depois, quando a influência opressiva de sua melancólica narrativa diminuiu, percebi que tudo o que me contara era irrelevante.

É bom lembrar que nosso encontro fora marcado, em primeiro lugar, para que ele pudesse tentar se justificar. A história de sua vida só interessava na medida em que explicasse seu comportamento atroz, ao incumbir-me, em toda minha inocência matemática, a tarefa de demonstrar a Conjectura de Goldbach. Porém, durante sua longa história, não havia sequer mencionado a cruel travessura. Discorrera por horas sobre o próprio fracasso (ou, talvez, eu deva lhe fazer o favor de chamá-lo "azar"), mas sobre a decisão de *me* afastar do estudo da matemática e do método que escolhera para fazê-lo, nem uma palavra sequer. Esperava ele que eu chegasse automaticamente à conclusão de que seu comportamento em relação a mim fora determinado por suas amargas experiências pessoais? Não fazia sentido: embora a história de sua vida fosse realmente uma advertência válida, ela ensinava ao futuro matemático não como destruir sua carreira, mas que armadilhas evitar a fim de aproveitá-la ao máximo.

Deixei alguns dias se passarem para voltar a Ekali e perguntar sem rodeios: poderia ele agora me explicar por que tentara me dissuadir de seguir minha inclinação?

Tio Petros encolheu os ombros. — Você quer saber a verdade?

— Claro que sim, tio — respondi. — O que mais eu iria querer saber?

— Então, tudo bem. Desde o primeiro momento achei, e desculpe dizer, mas continuo achando, que você não tem um dom especial para a matemática importante.

Fiquei outra vez furioso. — Ah? E como é que o senhor descobriu isso? Por acaso o senhor me fez alguma pergunta matemática? Ou alguma vez me passou um problema para resolver, além da indemonstrável, como o senhor mesmo chamou, Conjectura de Christian Goldbach? Eu realmente espero que o senhor não tenha a audácia de me dizer que constatou a minha falta de aptidão para a matemática através disso!

Ele sorriu, com tristeza. — Você conhece o ditado popular que diz que as três coisas impossíveis de se esconder são o espirro, a riqueza e a paixão? Bem, para mim existe uma quarta: o dom matemático.

Ri com desdém. — Ah, e o senhor consegue identificá-lo num simples relance, hem? É algo no olhar ou é um certo *je ne sais quoi* que denuncia à sua sensibilidade extremamente apurada a presença de um gênio matemático? Quem sabe o senhor também consegue determinar o QI de uma pessoa através de um aperto de mão?

— Para ser franco, esse "algo no olhar" tem lá a sua importância — respondeu, ignorando meu sarcasmo. — Mas no seu caso a fisionomia não contou muito. O pré-requisito necessário — mas não suficiente, fique você sabendo — para a realização suprema é a devoção obstinada. Se você possuísse mesmo o dom que gostaria de ter, meu caro rapaz, você não teria vindo pedir a minha bênção para estudar matemática;

você teria ido em frente e estudado. *Esse* foi o primeiro sinal revelador!

Quanto mais ele se explicava, mais eu ficava com raiva.

— Se o senhor estava tão certo de que eu não tinha o dom, tio, por que me fez passar pela experiência horrível daquele verão? Por que eu tive de ser submetido à humilhação totalmente desnecessária de me achar um quase idiota?

— Mas, será que você não vê? — respondeu com entusiasmo. — A Conjectura de Goldbach era a minha garantia! Se por um acaso remoto eu estivesse enganado e, por uma hipótese improvável, você de fato estivesse destinado à grandeza, então a experiência não o teria abalado tanto. Na realidade, não teria sido de jeito nenhum "horrível", como você a classificou, mas emocionante, inspiradora e revigorante. Eu fiz um teste final: se, depois de não conseguir resolver o problema que eu passei — como, claro, eu sabia que ia acontecer —, você voltasse ansioso para aprender mais, para persistir na sua tentativa, então eu teria concluído que talvez você realmente devesse se tornar um matemático. Mas você... você não teve sequer a curiosidade de saber a solução! Na verdade, você até assinou uma declaração da sua incompetência!

A raiva reprimida por tantos anos havia agora explodido. — Quer saber de uma coisa, seu velho desgraçado? Você pode até ter sido um bom matemático um dia, mas como ser humano você não vale nada! Um zero à esquerda!

Para minha surpresa, essa opinião foi recebida com um sorriso largo e sincero. — Quanto a isso, predileto dos sobrinhos, concordo plenamente com você!

Um mês depois, retornei aos Estados Unidos, a fim de me preparar para o último ano de universidade. Tinha agora um novo companheiro de quarto, sem nenhuma ligação com a matemática. Nesse meio-tempo, Sammy havia se formado e estava em Princeton, já muito envolvido no problema que se tornaria sua tese de doutoramento, com o exótico título:

"As ordens dos subgrupos de torsão de Ω_n e a sequência espectral de Adams".

No primeiro fim de semana livre, tomei o trem e fui visitá-lo. Encontrei-o bastante mudado, muito mais nervoso e irritadiço que no ano que passáramos juntos. Havia também contraído uma espécie de tique facial. Obviamente, os subgrupos de torsão de Ω_n (o que quer que fossem) haviam cobrado seu tributo dos nervos dele. Jantamos em uma pequena pizzaria do outro lado da universidade, e ali lhe apresentei uma versão encurtada da história de Tio Petros, conforme ele havia me contado. Sammy ouviu sem interromper para fazer perguntas ou comentários.

Quando terminei, ele resumiu sua reação a duas palavras:

— Uvas verdes.

— O quê?

— Você devia saber: Esopo era grego.

— O que é que Esopo tem a ver com isso?

— Tudo. A fábula da raposa que não conseguia alcançar um delicioso cacho de uvas e por isso decidiu que, de qualquer forma, elas não estavam maduras mesmo. Que desculpa maravilhosa o seu tio achou para o fracasso: ele jogou a culpa em Kurt Gödel! Uau! — Sammy desatou a rir. — Audacioso! Inédito! Mas tenho que admitir, é original; na verdade, é único, devia ficar registrado em algum livro! Nunca houve antes um matemático que realmente atribuísse o seu fracasso em encontrar uma demonstração ao Teorema da Incompletude!

Embora as palavras de Sammy refletissem minhas próprias dúvidas iniciais, eu não possuía o conhecimento matemático necessário à compreensão daquele veredito imediato.

— Então, você acha impossível que a Conjectura de Goldbach seja indemonstrável?

— Cara, "impossível" significa o quê neste contexto? — disse Sammy, com escárnio. — Como o seu tio bem falou, não se pode, graças a Alan Turing, afirmar com certeza que um enunciado é indemonstrável *a priori*. Mas se os matemáticos envolvidos em pesquisa avançada começassem a invocar Kurt Gödel, ninguém jamais chegaria perto dos problemas interessantes; veja bem, na matemática o interessante é sempre difícil. A Hipótese de Riemann não se rendeu à demonstração passado mais de um século? Um caso de aplicação do Teorema da Incompletude! O Problema das Quatro Cores? Também! O Último Teorema de Fermat continua indemonstrado? A culpa é do malvado do Gödel! Ninguém jamais teria tocado nos Vinte e Três Problemas de Hilbert;[16] desse modo, é provável que toda a pesquisa matemática, com exceção da mais trivial, desaparecesse. Abandonar o estudo de um determinado problema porque ele *pode* ser indemonstrável é como... como... — Seu rosto iluminou-se quando encontrou a analogia adequada — ... ora, é como não sair na rua com medo de que um tijolo possa cair na sua cabeça e matar você!

— Vamos ser francos — concluiu. — O seu Tio Petros simplesmente *fracassou* ao tentar demonstrar a Conjectura de Goldbach, como aconteceu com muitos homens importantes antes dele. Mas porque, ao contrário deles, ele investiu a sua vida criativa inteira no problema, admitir o fracasso era insuportável. Então, ele inventou para si mesmo essa justificativa extravagante e esfarrapada.

Sammy, zombando, ergueu um brinde com o copo de soda.

---

[16] Os grandes problemas não resolvidos apresentados por David Hilbert no Congresso Internacional de Matemáticos de 1900. Enquanto uns, como o Oitavo Problema (a Hipótese de Riemann), continuam sem solução, em outros houve avanços e alguns foram totalmente resolvidos — como, por exemplo, o Quinto, demonstrado por Gleason, Montgomery e Zippen; o Décimo, por Davis, Robinson e Matijasevic; o Décimo Quarto, que Nagata demonstrou ser falso; e o Vigésimo Segundo, resolvido por Deligne.

— Às desculpas esfarrapadas — disse ele. Em seguida, acrescentou em tom mais sério: — Claro, para ter colaborado com Hardy e Littlewood, o seu tio deve, com certeza, ter sido um matemático de talento. A vida dele podia ter sido um grande êxito. Ao invés disso, ele preferiu jogá-la fora traçando uma meta inalcançável e indo atrás de um problema reconhecidamente difícil. O pecado dele foi Orgulho: ele teve a audácia de achar que podia ser bem-sucedido onde Euler e Gauss fracassaram.

Eu estava rindo.

— Qual é a graça? — perguntou Sammy.

— Depois de todos esses anos brigando com o mistério de Tio Petros — disse eu — voltei ao ponto de partida. Você acabou de repetir as palavras do meu pai, que eu rejeitei com arrogância na adolescência, por considerá-las filisteias e grosseiras: "O segredo da vida, meu filho, é traçar metas alcançáveis". É exatamente o que você está dizendo agora. O fato de não ter feito isso é, na verdade, a essência da tragédia de Petros!

Sammy assentiu com a cabeça. — É, afinal as aparências enganam — observou, com uma gravidade escarnecedora. — Parece que o sábio da família Papachristos *não* é o seu Tio Petros!

Naquela noite dormi no chão do quarto de Sammy, ao som familiar de sua caneta rabiscando o papel, acompanhado por um suspiro ou gemido ocasional, enquanto ele lutava para desfazer os nós de um difícil problema topológico. Saiu de manhã cedo para assistir a um seminário e à tarde encontrou-me na Biblioteca de Matemática, no Fine Hall, conforme combinado.

— Vamos fazer turismo — anunciou. — Tenho uma surpresa para você.

Andamos um bom pedaço por uma longa estrada de periferia ladeada por árvores e salpicada de folhas amarelas.

— Que matérias você vai fazer este ano? — perguntou Sammy, enquanto caminhávamos em direção a nosso misterioso destino.

Comecei a enumerá-las: Introdução à Geometria Algébrica, Análise Complexa Avançada, Teoria da Representação de Grupos...

— E Teoria dos Números? — interrompeu.

— Não. Por que você está perguntando?

— Ah, eu estive pensando nessa história do seu tio. Eu não gostaria de ver você com a ideia maluca de seguir a tradição da família e tentar resolver...

Dei uma risada. — *A Conjectura de Goldbach*? De jeito nenhum!

Sammy assentiu com a cabeça. — Ainda bem. Porque eu desconfio que vocês, gregos, adoram um problema impossível.

— Por quê? Você conhece outros?

— Um célebre topologista daqui, o professor Papakyriakopoulos. Há anos ele vem tentando demonstrar a "Conjectura de Poincaré", o problema mais famoso da topologia de baixa dimensão, indemonstrado há mais de sessenta anos... super-hiperdifícil!

Sacudi a cabeça negativamente. — Eu não cutucaria o famoso problema indemonstrado e super-hiperdifícil de ninguém, nem com uma vara de três metros — assegurei-lhe.

— Que alívio ouvir isso! — comentou.

Chegamos a um prédio grande e indefinido, com um amplo terreno à volta. Após termos entrado, Sammy baixou a voz.

— Eu consegui uma permissão especial para vir aqui, em sua homenagem — disse ele.

— Que lugar é esse?

— Você já vai saber.

Atravessamos um corredor e entramos em uma sala grande e escurecida, com a atmosfera de um maltratado porém elegante clube inglês exclusivo para homens. Cerca de quinze deles, de meia-idade a mais velhos, estavam sentados em sofás e poltronas de couro, alguns junto às janelas, lendo jornais à escassa luz do dia, outros conversando em pequenos grupos.

Sentamos em uma mesa a um canto.

— Está vendo aquele cara ali? — disse Sammy em voz baixa, apontando para um senhor asiático, que mexia seu café com tranquilidade.

— Estou.

— Ele ganhou o Prêmio Nobel de Física. E aquele lá, do outro lado — apontou para um homem ruivo e gordo que conversava com o vizinho, gesticulando muito e com forte sotaque — ganhou o Prêmio Nobel de Química. — Em seguida, dirigiu minha atenção para dois homens de meia-idade sentados em uma mesa próxima à nossa. — O da esquerda é André Weil...

— O André Weil?

— O próprio, um dos maiores matemáticos vivos. E o outro, com o cachimbo, é Robert Oppenheimer — sim, *o* Robert Oppenheimer, o pai da bomba atômica. Ele é o diretor.

— Diretor de quê?

— Deste lugar. Você está no Instituto de Estudos Avançados, o reduto das maiores mentes científicas do mundo!

Eu estava prestes a fazer mais perguntas quando Sammy interrompeu-me.

— Schh! Olhe! Ali!

Um homem muito estranho acabara de entrar. Tinha cerca de sessenta anos, estatura mediana e era extremamente macilento, usando um pesado sobretudo e um gorro de lã que lhe cobria as orelhas. Permaneceu de pé por alguns instantes e examinou a sala através de óculos muito grossos. Ninguém lhe prestou atenção: era obviamente um frequentador habitual. Avançou, lento, até a mesa de chá e café sem cumprimentar qualquer um dos presentes, encheu uma xícara com água fervendo e foi se sentar perto de uma janela. Tirou o sobretudo devagar. Por baixo dele vestia um grosso paletó sobre no mínimo quatro ou cinco camadas de suéteres, visíveis através da gola.

— Quem é aquele homem? — sussurrei.

— Adivinhe!

— Não tenho a menor ideia; parece um morador de rua. Ele por acaso é maluco?

Sammy deu uma risadinha. — Aquele, meu amigo, é a nêmese do seu tio, o homem que lhe deu o pretexto para abandonar a carreira matemática, ninguém menos que o pai do Teorema da Incompletude, o grande Kurt Gödel!

Fiquei pasmo. — Meu Deus! *Aquele* é Kurt Gödel?! Mas, por que é que ele está vestido assim?

— Embora os médicos discordem totalmente, ele está convencido de que seu coração é muito fraco e de que se não o proteger do frio com todas essas roupas vai acabar sofrendo uma parada cardíaca.

— Mas aqui dentro está quente!

— O papa moderno da Lógica, o novo Aristóteles, discorda da sua conclusão. Em qual dos dois eu devo acreditar, nele ou em você?

Na volta para a universidade, Sammy expôs sua teoria: — Eu acho que a loucura de Kurt Gödel, porque, sem dúvida, de certo modo ele está louco, é o preço que teve que pagar por chegar perto demais da Verdade na sua forma absoluta. Existe um poema que diz que "as pessoas não aguentam muita realidade", ou algo assim. Pense na Árvore do Conhecimento da Bíblia ou no Prometeu da sua mitologia. Pessoas como ele ultrapassaram a medida comum; eles conheceram mais do que é necessário ao homem, e têm que pagar por essa *hybris*.

Um vento soprava, levantando folhas que rodopiavam à nossa volta. Dei um suspiro.

Vou abreviar uma longa história (a minha própria):

Não cheguei a me tornar matemático, fato que não se deveu a nenhuma outra manobra de Tio Petros. Embora sua depreciação "intuitiva" de minha capacidade tenha pesado bastante na decisão, visto que incutiu em mim um sentimento incômodo e constante de insegurança, o verdadeiro motivo foi medo.

Os exemplos de *enfants terribles* da matemática citados na narrativa de meu tio — Srinivasa Ramanujan, Alan Turing, Kurt Gödel e ele próprio — me haviam feito pensar duas vezes sobre minha real chance de atingir a grandeza matemática. Esses eram homens que aos vinte e cinco anos, ou até menos, haviam abordado e resolvido problemas de uma dificuldade inconcebível e de uma importância enorme. Nesse ponto, sem dúvida, puxei a meu tio: não queria ficar na mediocridade e terminar como "uma tragédia ambulante", para usar suas próprias palavras. A matemática, Petros ensinara-me, é uma área que só reconhece os melhores; esse tipo particular de seleção natural oferece apenas o fracasso como alternativa à glória. No entanto, ainda confiante em minha capacidade, não era o fracasso profissional que eu temia.

Tudo começou com a deplorável visão do pai do Teorema da Incompletude forrado com camadas de roupa quente, o grande Kurt Gödel como um velho patético e transtornado bebendo sua água quente aos golinhos, em total isolamento, naquela sala do Instituto de Estudos Avançados.

Quando retornei à minha universidade, depois da visita a Sammy, consultei a biografia dos grandes matemáticos que haviam feito parte da história de meu tio. Dos seis mencionados na narrativa, apenas dois, três no máximo, haviam tido uma vida pessoal que podia ser considerada mais ou menos feliz; e esses dois, Carathéodory e Littlewood, eram, em termos comparativos, os menos importantes dos seis. Enquanto Hardy e Ramanujan haviam tentado, sem êxito, suicidar-se (Hardy duas vezes), Turing havia conseguido tirar a própria vida. O lamentável estado de Gödel já foi mencionado.[17] A inclusão de Tio Petros na lista tornava as estatísticas ainda mais assustadoras. Embora eu continuasse a admirar a persistência e a coragem romântica de sua juventude, não poderia dizer o mesmo da forma como ele decidiu desperdiçar a segunda parte da vida. Pela primeira vez eu o via como ele sempre havia sido, um recluso triste, sem vida social, sem amigos, sem aspirações, gastando o tempo com problemas de xadrez. Sua vida definitivamente não era o protótipo da existência plena.

A teoria de Sammy sobre a *hybris* perseguia-me desde o instante em que a ouvira e, após a breve análise da história matemática, abracei-a com devoção. Suas palavras acerca dos perigos de se chegar perto demais da Verdade em sua forma absoluta não saíam de minha cabeça. A figura típica do "matemático louco" não era pura ficção. Cada vez mais, eu via os grandes profissionais da Rainha das Ciências como mariposas atraídas por um tipo de luz desumana, brilhante, mas abrasadora e cruel. Uns não conseguiram aguentar por muito tempo, como Pascal e Newton, que trocaram a matemática pela teologia. Outros escolheram saídas improvisadas e acidentais: o atrevimento insensato de Évariste Galois, que o levou à morte prematura, vem de imediato à lembrança. Por fim, algumas mentes extraordinárias cederam e sucumbiram. Georg Cantor, pai da Teoria dos Conjuntos, passou a última parte da vida em um manicômio. Ramanujan, Hardy, Turing, Gödel e tantos outros ficaram muito encantados com a luz brilhante; chegaram demasiado perto, queimaram as asas, caíram e morreram.

---

[17] Gödel acabou com a própria vida, em 1978, enquanto tratava de problemas no trato urinário, no Princeton County Hospital. Seu método de suicídio foi, como seu grande teorema, bastante original: convencido de que os médicos tentavam envená-lo, recusou toda comida oferecida por mais de um mês, acabando por morrer de inanição.

Em pouco tempo percebi que, mesmo se tivesse o talento deles (algo de que, após ouvir a história de Tio Petros, comecei seriamente a duvidar), eu não queria, de forma alguma, viver a mesma desgraça pessoal. Assim, com a Cila da mediocridade de um lado e a Caríbdis da loucura do outro, decidi abandonar o navio. Quando, em junho, obtive o bacharelado em Matemática, já estava me preparando para a pós-graduação em Administração, uma área que não costuma fornecer material para tragédia.

No entanto, devo acrescentar, nunca me arrependi dos meus anos como promessa da matemática. Aprender um pouco da verdadeira matemática, mesmo tendo sido uma porção mínima, foi a lição mais valiosa da minha vida. Claro que os problemas do cotidiano podem ser perfeitamente bem resolvidos sem o conhecimento do Sistema Axiomático de Peano-Dedekind, e o domínio da Classificação dos Grupos Simples Finitos não garante sucesso nos negócios. Por outro lado, o não matemático não pode imaginar as alegrias que lhe são negadas. O amálgama de Verdade e Beleza revelado através da compreensão de um teorema importante não pode ser alcançado por meio de qualquer outra atividade humana, a não ser (e quanto a isso não posso opinar) pelo misticismo. Embora minha educação tenha sido escassa, embora eu tenha molhado apenas as pontas dos pés no imenso oceano da matemática, ela marcou para sempre minha vida, dando-me o gostinho de um mundo superior. Sim, ela tornou a existência do Ideal um pouco mais plausível, até mesmo tangível.

Por essa experiência ficarei para sempre em dívida com Tio Petros: sem ele como meu dúbio modelo, eu jamais teria feito tal escolha.

A decisão de abandonar os planos de uma carreira em matemática constituiu uma agradável surpresa para meu pai (o pobre homem havia caído em profundo desespero durante meus últimos anos de graduação), uma surpresa ainda mais feliz quando ele soube que eu iria estudar Administração. Quando, depois de terminar a pós-graduação e prestar o serviço militar, juntei-me a ele no negócio da família, sua felicidade ficou completa.

Apesar dessa reviravolta (ou talvez por causa dela?), minha relação com Tio Petros floresceu mais uma vez após meu retorno a Atenas, havendo desaparecido qualquer vestígio de rancor de minha parte. À medida que fui me acostumando à rotina do trabalho e da vida familiar, visitá-lo tornou-se um hábito, senão mesmo uma necessidade. Nosso contato era um antídoto revigorante para a crescente labuta do mundo real. Vê-lo ajudava-me a manter viva aquela parte do ser que a maioria das pessoas perde, ou esquece, na vida adulta: o que chamamos de Sonhador, Curioso ou simplesmente Criança Interior. Por outro lado, nunca compreendi o que minha amizade lhe oferecia, excluindo-se a companhia, que ele assegurava não precisar.

Não conversávamos muito em minhas idas a Ekali, pois havíamos encontrado um meio de comunicação que se adaptava melhor a dois ex-matemáticos: o xadrez. Tio Petros era um excelente professor e logo comecei a compartilhar de sua paixão (embora infelizmente não de seu talento) pelo jogo.

No xadrez, também tive a primeira experiência direta dele como pensador. Enquanto ele analisava, para meu proveito, as grandes partidas clássicas, ou os desafios mais recentes dos melhores jogadores do mundo, eu sentia admiração pelo poder de sua mente brilhante, seu entendimento imediato dos problemas mais complexos, sua capacidade analítica, os súbitos *insights*. Quando se confrontava com o tabuleiro, suas feições se fixavam em absoluta concentração, seu olhar tornava-se aguçado e penetrante. Lógica e intuição, os instrumentos com os quais havia perseguido, por duas décadas, o mais ambicioso sonho intelectual, cintilavam em seus olhos azuis profundos.

Uma vez, perguntei-lhe por que nunca havia participado de competições oficiais.

Ele sacudiu a cabeça negativamente: — Por que eu deveria me esforçar para ser um profissional medíocre quando posso desfrutar da minha situação como amador excepcional? — respondeu. — Além do mais, predileto dos sobrinhos, toda a vida deve progredir de acordo com os seus axiomas básicos, e o xadrez não estava entre os meus, só a matemática.

A primeira vez que me atrevi a perguntar-lhe de novo sobre a pesquisa (após o extenso relato que me fornecera de sua vida, nunca mais havíamos feito qualquer alusão à matemática, ambos aparentemente preferindo não acordar nossos leões adormecidos), ele logo desconversou.

— Esqueça o que passou e me diga o que você vê no tabuleiro. É uma partida recente entre Petrosian e Spassky, uma Defesa Siciliana. Branco desloca Cavalo para f4...

Tentativas mais indiretas também não funcionaram. Tio Petros não entraria em outra discussão matemática, ponto final. Sempre que eu arriscava uma referência direta, tinha de ouvir: — Vamos nos ater ao xadrez, sim?

Suas recusas, porém, não me fizeram desistir.

O desejo de levá-lo a falar outra vez sobre o trabalho de sua vida não era motivado por mera curiosidade. Embora há muito eu não tivesse notícias de meu velho amigo Sammy Epstein (de acordo com as últimas, ele era professor adjunto na Califórnia), não conseguia esquecer sua explicação para Tio Petros ter desistido da pesquisa. Na realidade, comecei a atribuir-lhe um grande significado existencial. O desenrolar de minha história com a matemática havia me ensinado uma importante lição: é preciso ser totalmente honesto consigo mesmo em relação às fraquezas, reconhecê-las com coragem e a partir de então traçar um novo caminho. Eu havia feito isso, mas e Tio Petros?

Eis os fatos: a) Desde muito jovem, ele escolhera investir todo seu tempo e sua energia em um problema que, embo-

132

ra dificílimo, muito provavelmente *não* era impossível, uma decisão que eu continuava a considerar como nobre; b) Conforme era de esperar (se não por ele, pelos outros), ele não atingira seu objetivo; c) Ele atribuíra o fracasso à incompletude da matemática, declarando a Conjectura de Goldbach indemonstrável.

Eu possuía agora uma certeza: a validade de sua desculpa tinha de ser julgada pelos rigorosos critérios da profissão, e, de acordo com eles, eu aceitava como definitiva a opinião de Sammy Epstein de que um veredito final de indemonstrabilidade à Kurt Gödel simplesmente *não* é uma conclusão aceitável da tentativa de demonstrar um enunciado matemático. A explicação de meu velho amigo aproximava-se muito mais do cerne da questão. Não foi devido ao "azar" que Tio Petros não conseguiu realizar seu sonho. O apelo ao Teorema da Incompletude era mesmo uma forma sofisticada de "uvas verdes", utilizado apenas para protegê-lo da verdade.

Com o passar dos anos, eu aprendera a reconhecer a profunda tristeza que permeava a vida de meu tio. A dedicação à jardinagem, os sorrisos gentis ou o brilho como jogador de xadrez não podiam disfarçar o fato de que ele era um homem destroçado. E quanto mais eu o conhecia, mais percebia que a causa para sua condição residia em sua imensa falta de sinceridade. Tio Petros havia mentido para si mesmo sobre o evento mais crucial de sua vida e essa mentira havia se transformado em um câncer que dilacerava sua essência, corroendo as raízes de sua alma. Seu pecado, realmente, havia sido o Orgulho. E o orgulho continuava ali, na sua incapacidade de enfrentar a si próprio.

Nunca fui um homem religioso, mas acredito que exista uma grande sabedoria subjacente ao ritual da Absolvição: Petros Papachristos, como qualquer ser humano, merecia terminar seus dias livre de sofrimento desnecessário. No caso dele, porém, havia um pré-requisito a ser cumprido: fazer a *mea culpa* de seu fracasso.

Como o cenário não era religioso, o trabalho não poderia ser feito por um padre.

A única pessoa apta a absolver Tio Petros era eu, porque só eu compreendera a essência de sua transgressão. (Apenas percebi o orgulho inerente à minha pretensão quando já era demasiado tarde.) Mas como poderia eu absolvê-lo sem que ele confessasse? E como levá-lo a confessar a menos que voltássemos a falar sobre matemática, algo que ele se recusava a fazer?

Em 1971, recebi ajuda inesperada em minha tarefa. A ditadura militar que então governava o país, em uma campanha para se mostrar como um patrono benevolente da cultura e da ciência, resolveu conceder uma "Medalha de Ouro de Excelência" a alguns eruditos gregos pouco conhecidos que haviam se destacado no exterior. A lista era curta, pois muitos dos prováveis homenageados, sabendo da distinção iminente, haviam se apressado em excluir-se dela; mas no topo estava "o grande matemático de fama internacional, professor Petros Papachristos".

Meu pai e Tio Anargyros, em um atípico frenesi de paixão democrática, tentaram persuadi-lo a recusar aquela homenagem duvidosa. Referências a "aquele velho idiota se tornar o lacaio dos militares", "dar um álibi aos coronéis" etc. enchiam nossos escritórios e lares. Em momentos de maior honestidade, os dois irmãos mais novos (ambos, agora, já de idade) admitiam a existência de um motivo menos nobre: a tradicional relutância do homem de negócios em ser identificado com uma facção política, temendo o que possa acontecer quando outra assumir o poder. Contudo, eu, um experiente observador da família Papachristos, conseguia também perceber, além de uma certa dose de inveja, a forte necessidade dos irmãos de demonstrar que estavam certos quanto à avaliação negativa da vida de Tio Petros. A visão de mundo de meu pai e Tio Anargyros fora sempre baseada na simples premissa de que Tio Petros era mau e eles, bons, uma cosmologia do tipo preto no branco que distinguia as formigas dos gafanhotos, os "homens responsáveis" dos diletantes. Não conseguiam aceitar que o governo oficial do país, fosse ele militar ou não, homenageasse "um desses fracassados da vida", quando as únicas recompensas que eles alguma vez haviam recebido por seu trabalho (trabalho que, é bom lembrar, também colocava comida na mesa *dele*) eram financeiras.

Eu, porém, assumi uma posição diferente. Além de acreditar que Tio Petros merecia a homenagem (ele conseguiu, afinal, obter algum reconhecimento por seu trabalho, mesmo que tenha sido por parte dos coronéis), eu possuía um motivo secreto. Fui então a Ekali e, exercendo ao extremo minha influência como "predileto dos sobrinhos", convenci-o a ignorar os apelos hipócritas ao dever democrático feitos pelos irmãos, assim como seus próprios receios, e aceitar a Medalha de Ouro de Excelência.

A cerimônia de premiação — a "derradeira desgraça familiar", segundo Tio Anargyros, o radical tardio — foi realizada no auditório principal da Universidade de Atenas. O reitor da Faculdade de Física e Matemática, em sua beca cerimonial, deu uma curta palestra sobre a contribuição de Tio Petros para a ciência. Como era de esperar, referiu-se quase exclusivamente ao Método de Papachristos para a Resolução de Equações Diferenciais, o qual louvou com elaboradas efusões retóricas. Ainda assim, tive a grata surpresa de ouvi-lo mencionar, de passagem, Hardy e Littlewood e seu "apelo de ajuda a nosso grande compatriota na resolução de seus problemas mais difíceis". Enquanto tudo isso era apresentado, olhei furtivamente para Tio Petros e vi-o corar de vergonha várias vezes, encolhendo-se cada vez mais na poltrona dourada e parecida com um trono onde tivera de se sentar. O primeiro-ministro (o arquiditador) conferiu então a Medalha de Ouro de Excelência e, em seguida, houve uma pequena recepção, durante a qual meu pobre tio teve de posar para os fotógrafos com todas as altas patentes da junta. (Devo confessar que, a essa altura da cerimônia, senti uma pequena dose de culpa por tê-lo feito aceitar a homenagem.)

Quando tudo terminou, ele me pediu que fosse até sua casa para jogar um pouco de xadrez, "para fins de recuperação". Começamos uma partida. Nessa época, eu já era um jogador bom o suficiente para lhe oferecer resistência considerável, mas não tão bom para conseguir prender seu interesse após o martírio pelo qual havíamos passado.

— O que você achou do circo? — perguntou, erguendo, por fim, os olhos do tabuleiro.

— A cerimônia de premiação? Ah, foi um pouco aborrecida, mas mesmo assim estou feliz por o senhor ter participado. Amanhã vai estar em todos os jornais.

— Vai — disse ele. — Como o Método de Papachristos para a Resolução de Equações Diferenciais está quase no mesmo nível da Teoria da Relatividade, de Einstein, e do Princípio da Incerteza, de Heisenberg, um dos grandes feitos da ciência do século XX... Como o idiota daquele reitor conduziu a cerimônia! Por acaso você notou — acrescentou com um sorriso azedo — o silêncio carregado que se seguia às interjeições de admiração pela minha pouca idade quando fiz "a grande descoberta"? Quase dava para ouvir todo mundo se perguntando: Mas como é que o homenageado passou os cinquenta e cinco anos *seguintes* da sua vida?

Qualquer sinal de autopiedade vindo dele incomodava-me profundamente.

— Olhe, tio — provoquei —, se as pessoas não sabem do seu trabalho na Conjectura de Goldbach, é tão somente por culpa sua. Como é que iam saber? O senhor nunca contou! Se o senhor tivesse feito um relatório da sua pesquisa, as coisas seriam diferentes. Só a história da sua busca dava uma publicação bem interessante.

— Dava, sim — disse ele, zombando. — Uma nota de

rodapé inteira em *Os grandes fracassos matemáticos de nosso século*.

— Bem — refleti —, a ciência avança tanto por fracassos quanto por êxitos. E de qualquer maneira, foi muito bom o seu trabalho com as equações diferenciais ter sido reconhecido. Fiquei orgulhoso de ver o nome da nossa família associado a outra coisa que não seja dinheiro.

Inesperadamente, com um sorriso brilhante, Tio Petros perguntou: — Você sabe?

— Sei o quê?

— O Método de Papachristos para a Resolução de Equações Diferenciais?

Eu havia sido pego completamente de surpresa e respondi sem pensar: — Não, não sei.

Seu sorriso desapareceu: — Bem, acho que não o ensinam mais...

Fui tomado por um enorme entusiasmo: essa era a oportunidade que eu esperava. Embora na universidade eu tivesse constatado que o Método de Papachristos não era mais ensinado (o advento do cálculo eletrônico o havia tornado obsoleto), menti-lhe, e com grande veemência: — *Claro* que ensinam, tio! É que eu nunca cursei uma eletiva de equações diferenciais!

— Então pegue lápis e papel que eu vou lhe mostrar!

Reprimi um grito de triunfo. Era precisamente o que eu desejara quando o induzira a aceitar a medalha: que a homenagem pudesse despertar de novo sua vaidade matemática e reacender o interesse em sua arte, o suficiente pelo menos para atraí-lo para uma discussão da Conjectura de Goldbach e mais além... para a verdadeira razão de tê-la abandonado. Explicar-me o Método de Papachristos era um ótimo começo.

Corri para apanhar lápis e papel antes que ele mudasse de ideia.

— Você vai ter que ser um pouco paciente — avisou, logo de início. — Muita água já passou por debaixo da ponte desde aquele tempo. Vejamos — murmurou e começou a rabiscar. — Vamos considerar que temos uma equação diferencial parcial na forma de Clairaut... pronto! Agora, pegamos... Segui seus rabiscos e explicações por quase uma hora. Apesar de eu não conseguir acompanhar por completo o raciocínio, mostrava, a cada passo, uma admiração exagerada.

— É simplesmente brilhante, tio! — gritei quando terminou.

— Bobagem. — Refutou meu elogio, mas pude perceber que sua modéstia não era totalmente sincera. — Um simples cálculo do tipo conta de mercearia, não a verdadeira matemática!

O momento pelo qual eu ansiava havia chegado. — Então me fale sobre a verdadeira matemática, Tio Petros. Me fale sobre o seu trabalho na Conjectura de Goldbach!

Olhou-me de lado, ardiloso, inquiridor e ao mesmo tempo hesitante. Prendi a respiração.

— E, se me permite a questão, por que o interesse, senhor Quase Matemático?

Eu já havia preparado a resposta de antemão, para colocá-lo em um impasse emocional.

— O senhor me deve isso, tio! Se não for por mais nada, que seja para me compensar por aquele verão de angústia, aos dezesseis anos, quando lutei durante três meses para demonstrá-la, patinhando na minha total ignorância!

Durante alguns instantes pareceu analisar o argumento, como se insistisse em não ceder tão facilmente. Quando sorriu, eu soube que havia vencido.

— O que você quer saber sobre o meu trabalho na Conjectura de Goldbach?

Deixei Ekali, já depois da meia-noite, com uma cópia de *An Introduction to Number Theory*, de Hardy e Wright. (Tinha de me preparar aprendendo "alguns fundamentos", segundo Tio Petros.) É preciso salientar para o não especialista que livros de matemática não são, em geral, apreciados como romances, na cama, na banheira, relaxado em uma confortável cadeira ou sentado no vaso sanitário. "Ler" aqui significa compreender, e para isso normalmente são necessários uma superfície dura, lápis, papel e tempo com qualidade. Como não tinha a menor intenção de me tornar especialista em Teoria dos Números na idade avançada de trinta anos, percorri as páginas do livro de Hardy e Wright com atenção apenas moderada ("moderada" em matemática é "considerável" de acordo com qualquer outra medida), sem persistir na tentativa de compreensão total dos detalhes que resistiam à investida inicial. Mesmo assim, e tendo-se em conta que o estudo do livro não era minha ocupação principal, levei quase um mês para lê-lo.

Quando retornei a Ekali, Tio Petros, Deus o tenha, começou a me interrogar, como se eu fosse um escolar.

— Leu o livro todo?

— Li.

— Enuncie o Teorema de Landau.

Enunciei.

— Escreva a demonstração do Teorema da função φ, de Euler, a extensão do Pequeno Teorema de Fermat.

Peguei lápis e papel e comecei a fazê-lo, o melhor que podia.

— Agora demonstre que os zeros não triviais da Função Zeta, de Riemann, têm parte real igual a 1/2!

Desatei a rir e ele me acompanhou.

— Ah não, nem pense! — exclamei. — Outra vez não, Tio Petros! Já chega o senhor ter me passado a Conjectura de Goldbach. Encontre outra pessoa para demonstrar a Hipótese de Riemann!

Nos dois meses e meio seguintes, tivemos as nossas dez "Lições sobre a Conjectura de Goldbach", conforme ele as chamava. O que aconteceu nelas está registrado em papel, com datas e horários. Como agora me encaminhava com firmeza em direção à satisfação de meu principal objetivo (que ele encarasse o motivo de ter abandonado a pesquisa), pensei também em atingir uma meta secundária: fazia apontamentos meticulosos para que, após sua morte, pudesse publicar um pequeno relato de sua odisseia, talvez uma nota de rodapé insignificante para a história da matemática, mas ainda assim um merecido tributo a Tio Petros — senão a seu último êxito, então decerto à sua ingenuidade e, acima de tudo, à sua dedicação e persistência obstinada.

No decorrer das lições, testemunhei uma surpreendente metamorfose. O senhor calmo e bondoso que eu conhecia desde a infância, facilmente confundível com um funcionário público aposentado, transformou-se, diante de meus olhos, em um homem iluminado por uma inteligência aguçada e guiado por uma força interior de insondável profundidade. Eu já havia visto antes, de relance, essa espécie de ser, durante as discussões matemáticas com meu antigo companheiro de quarto, Sammy Epstein, e até mesmo com o próprio Tio Petros, quando se sentava diante do tabuleiro de xadrez. Ao ouvi-lo decifrar os mistérios da Teoria dos Números, no entanto, experimentei, pela primeira e única vez na vida, a coisa em si. Não era necessário saber matemática para senti-la. O brilho no olhar dele e uma força silenciosa que emanava de todo seu ser eram testemunho suficiente. Ele era um puro-sangue, o gênio autêntico e absoluto.

Um inesperado benefício adicional foi a constatação de que o último traço de ambivalência (aparentemente, ele estivera sempre ali, adormecido, durante todos aqueles anos) relativo ao acerto da minha decisão de abandonar a matemática havia agora se dissipado. Observar meu tio trabalhando com matemática era o suficiente para confirmar tal fato. Sem sombra de dúvida, não éramos feitos do mesmo material — isso eu percebia agora. Diante da encarnação do que eu definitivamente *não* era, aceitei, por fim, a verdade da máxima: *Mathematicus nascitur, non fit*. Não se faz o verdadeiro matemático, ele nasce. Eu não nascera um matemático e estava certo em ter desistido.

O conteúdo exato das dez lições não faz parte do objetivo desta história e, portanto, não vou sequer tentar mencioná-lo. O que interessa é que na oitava já havíamos coberto o período inicial da pesquisa de Tio Petros sobre a Conjectura de Goldbach, culminando em seu brilhante Teorema da Partição, batizado com o nome do austríaco que o redescobrira; e também seu outro resultado importante, atribuído a Ramanujan, Hardy e Littlewood. Na nona lição, explicou-me, tanto quanto pude entender, as razões que o fizeram mudar o rumo de sua abordagem do método analítico para o algébrico. Para a lição seguinte, pediu-me que levasse dois quilos de feijão branco. Na realidade, a princípio pedira feijão normal, mas depois corrigiu-se, sorrindo envergonhado: — Para ser sincero, traga branco, para que eu possa ver melhor. Eu já não sou nenhum garoto, predileto dos sobrinhos.

Enquanto me dirigia a Ekali para a décima lição (a qual, embora eu ainda não soubesse, seria a última), fiquei apreensivo: eu sabia, através de sua narrativa, que ele havia desistido exatamente quando trabalhava com o "famoso método do feijão". Dentro em breve, talvez até naquela lição iminente, atingiríamos o ponto crucial, sua tomada de conhecimento do Teorema de Gödel e o fim de seus esforços para demonstrar a Conjectura de Goldbach. Seria então que eu teria de lançar meu ataque sobre as defesas a que ele, a todo custo, se agarrava, e mostrar o que sua racionalização acerca da indemonstrabilidade de fato era: uma simples desculpa.

Quando cheguei a Ekali, Tio Petros conduziu-me, sem dizer uma palavra, à chamada sala de estar, que encontrei diferente. Empurrara o restante da mobília contra as paredes, inclusive a poltrona e a pequena mesa com o tabuleiro de xadrez, e fizera pilhas ainda mais altas de livros, que colocara em toda volta, para criar uma área ampla e vazia no centro.

Sem dizer nada, pegou a sacola de minhas mãos e começou a dispor os feijões no chão, em vários retângulos. Eu observava em silêncio.

Ao terminar, ele disse: — Nas lições anteriores, vimos a minha abordagem inicial da Conjectura. Nessa época, trabalhei com matemática boa, talvez até excelente, mas, de qualquer forma, matemática de uma variedade bastante tradicional. Os teoremas que eu demonstrei eram difíceis e importantes, mas seguiam e estendiam linhas de pensamento iniciadas por outros, antes de mim. Hoje, porém, vou lhe apresentar o meu trabalho mais importante e original, um avanço pioneiro. Com a descoberta do meu método geométrico, finalmente entrei em território virgem, inexplorado.

— É uma pena ainda maior que o senhor o tenha abandonado — declarei, preparando desde logo o clima para uma confrontação.

Ele ignorou a observação e prosseguiu: — A premissa básica subjacente à abordagem geométrica é que a multiplicação não é uma operação natural.

— Que diabo o senhor quer dizer com *não é natural*? — perguntei.

— Leopold Kronecker disse uma vez: "Nosso amado Deus criou os números inteiros, o resto é obra do homem". Bem, acho que Kronecker esqueceu de acrescentar que, da mesma forma que criou os números inteiros, o Todo Poderoso fez a adição e a subtração, ou o *toma lá dá cá*.

Dei uma risada. — Eu pensei que viesse aqui ter aulas de matemática, não de teologia!

Tio Petros avançou, não fazendo caso da interrupção. — A multiplicação não é natural no mesmo sentido em que a adição é natural. É um conceito de ordem secundária, inventado, nada mais do que uma série de adições de elementos iguais: 3 x 5, por exemplo, não passa de 5 + 5 + 5. Arranjar um nome para essa repetição e chamá-la "operação" parece mais obra do diabo...

Não arrisquei outro comentário engraçado.

— Se a multiplicação não é natural — continuou —, pior é o conceito de "número primo", que deriva diretamente dela. A extrema dificuldade dos problemas básicos relacionados aos números primos é na verdade um resultado direto disso. Não existe um padrão visível na distribuição deles porque a própria noção de multiplicação, e por conseguinte de número primo, é desnecessariamente complexa. Essa é a premissa básica. O meu método geométrico é motivado pela vontade de construir um modo natural de encarar os números primos.

Tio Petros, então, apontou para o que havia feito enquanto falava. — O que é isso? — perguntou.

— Um retângulo feito de feijões — respondi. — Com 7 linhas e 5 colunas, o produto deles dando 35, o número total de feijões no retângulo. Certo?

Passou a explicar como havia chegado a uma observação que, embora elementar, pareceu-lhe possuir grande profundidade intuitiva: se, em teoria, se construíssem todos os retângulos possíveis de pontos (ou feijões), isso forneceria todos os números inteiros, exceto os primos. (Já que um primo nunca é um produto, não pode ser representado como um retângulo, apenas como uma linha única.) Prosseguiu descrevendo um cálculo para operações entre os retângulos e me deu alguns exemplos. Em seguida, enunciou e demonstrou alguns teoremas elementares.

Após algum tempo, comecei a notar uma mudança em seu estilo. Nas lições anteriores fora o professor perfeito, variando o andamento da exposição na proporção inversa de sua dificuldade, sempre se certificando de que eu havia compreendido um item antes de passar ao seguinte. Ao avançar na abordagem geométrica, entretanto, suas respostas foram se tornando apressadas, fragmentadas, incompletas ao ponto da total obscuridade. Na realidade, a uma certa altura, minhas perguntas passaram a ser ignoradas, e o que, de início, poderiam parecer explicações, eu reconhecia, agora, como fragmentos de seu monólogo interior, ouvidos por acaso.

A princípio, pensei que aquela forma anômala de apresentação se devesse ao fato de Tio Petros não se lembrar tão claramente dos detalhes da abordagem geométrica quanto da matemática mais convencional da abordagem analítica, e por isso estar fazendo um esforço desesperado para reconstruí-los.

Reclinei-me no assento e comecei a observá-lo: ele andava pela sala de um lado para o outro, reajeitando os retângulos, murmurando consigo mesmo, indo ao aparador da lareira onde deixara lápis e papel, rabiscando, procurando algo em um caderno velho, murmurando um pouco mais, voltando aos feijões, olhando para lá e para cá, parando, pensando, reajeitando de novo, rabiscando outra coisa... Cada vez mais, referências a "uma linha de pensamento promissora", "um lema extremamente elegante" ou "um pequeno teorema profundo" (tudo invenções suas, claro) faziam seu rosto se iluminar com um sorriso convencido e os olhos brilharem com uma malícia de menino. De súbito, percebi que o caos aparente não era mais que a manifestação de uma atividade mental íntima e agitada. Ele não só se lembrava perfeitamente do "famoso método do feijão", como essa recordação fazia-o regozijar-se com orgulho!

Uma possibilidade antes não considerada passou por minha cabeça, tornando-se quase uma convicção.

Quando conversei pela primeira vez com Sammy sobre o abandono da Conjectura de Goldbach por Tio Petros, parecera-nos óbvio que o motivo era uma espécie de exaustão, um caso extremo de fadiga da batalha científica após tantos anos de investidas infrutíferas. O pobre homem empenhara-se muito e, depois de fracassar todas as vezes, estava cansado e decepcionado demais para continuar, quando surge Kurt Gödel fornecendo-lhe uma desculpa conveniente, apesar de esfarrapada. Mas agora, ao observar sua nítida satisfação enquanto mexia com os feijões, um cenário novo e muito mais emocionante surgia: seria possível que, em contraste direto com o que eu pensara até ali, a rendição acontecera justamente no auge de seu empreendimento? Na realidade, no exato momento em que sentiu estar *pronto para resolver* o problema?

De repente, as palavras que Tio Petros utilizara para descrever o período imediatamente anterior à visita de Turing vieram à minha memória — palavras cujo verdadeiro significado eu mal havia percebido ao ouvi-las. Decerto ele havia dito que o desespero e a insegurança que sentira em Cambridge, naquela primavera de 1933, haviam sido mais fortes que nunca. Mas ele não os tinha interpretado como a "inevitável angústia que antecede o triunfo final", ou mesmo como o "início das dores de parto que levam ao nascimento da grande descoberta"? E quanto ao que havia dito um pouco antes, há apenas alguns instantes, sobre este ser seu "trabalho mais importante", "trabalho importante e original", "um avanço pioneiro"? Meu Deus! Fadiga e desilusão não haviam de ser as causas de sua rendição: poderia ter sido a falta de coragem antes do grande salto para o desconhecido e o triunfo final!

O entusiasmo provocado por essa percepção foi tão grande que não consegui mais esperar pelo momento taticamente correto. Lancei meu ataque de imediato.

— Eu notei — disse, mais em tom de acusação que de comentário — que o senhor parece ter em alta conta o "famoso método do feijão, de Papachristos".

Eu interrompera seu raciocínio, passando-se alguns minutos até que minha observação fosse compreendida.

— Você tem um extraordinário senso do óbvio — afirmou ele, com rudeza. — É claro que eu o tenho em alta conta.

— ... ao contrário de Hardy e Littlewood — acrescentei, desferindo meu primeiro golpe sério.

Seguiu-se uma reação que, embora esperada, foi muito maior do que eu havia previsto.

— "Você não pode demonstrar a Conjectura de Goldbach com feijão, meu caro" — disse ele em tom áspero e grosseiro, obviamente parodiando Littlewood. Em seguida, arremedou o outro membro da imortal dupla matemática de uma forma cruel e afeminada. — "Elementar demais, meu caro colega, infantil mesmo!"

Deu um soco no aparador da lareira, furioso. — Aquela besta do Hardy — gritou — chamando o meu método geométrico de "infantil", como se entendesse alguma coisa dele!

— Espere aí, tio — disse eu, repreendendo-o. — O senhor não pode sair por aí dizendo que G. H. Hardy é uma besta!

Deu outro soco, com mais força.

— Ele era uma besta e um sodomita também! O "grande G. H. Hardy", a Rainha da Teoria dos Números!

Aquilo era tão atípico dele que fiquei pasmo. — Epa, a coisa está ficando obscena, Tio Petros!

— De forma alguma! Eu só estou dando nome aos bois, e um pederasta é um pederasta!

Eu estava surpreso e contente: um homem totalmente novo havia surgido, como por mágica, diante de meus olhos. Teria seu velho (ou melhor, seu *jovem*) ser por fim voltado à tona, junto com o "famoso método do feijão"? Estaria eu ouvindo, pela primeira vez, a verdadeira voz de Petros Papachristos? Excentricidade, até mesmo obsessão, era uma característica mais típica do matemático brilhante, obstinado e ambicioso de sua juventude do que as maneiras refinadas e gentis que eu aprendera a associar a meu idoso Tio Petros. Vaidade e malícia em relação a seus pares poderiam muito bem ser o inevitável outro lado do gênio. Afinal, ambas condiziam com seu pecado capital, conforme diagnosticado por Sammy: Orgulho.

Para pressioná-lo até o limite, utilizei um tom informal:

— As preferências sexuais de Hardy não são da minha conta — disse eu. — O que importa, *vis-à-vis* da opinião dele sobre o "método do feijão", é que ele foi um grande matemático!

Tio Petros ficou vermelho de raiva. — Uma ova — resmungou. — Prove!

— Eu não preciso provar — retorqui, com desdém. — Os teoremas dele falam por si próprios.

— É mesmo? Qual deles?

Enunciei dois ou três resultados de seu livro dos quais me recordava.

— Ah — disse Tio Petros, cinicamente. — Simples cálculos do tipo conta de mercearia! Mas me mostre uma grande ideia, um *insight* inspirado... Não consegue? É porque não existe nenhum! — Estava agora muito irritado. — Ah, e já que você tocou no assunto, me diga um teorema que aquele velho fresco tenha demonstrado sozinho, sem o bom e velho Littlewood ou o caro Ramanujan segurando a mão dele, ou qualquer outra parte da sua anatomia!

A maledicência crescente indicava que nos aproximávamos da ruptura. Um pouquinho mais de aborrecimento deveria ser o suficiente para provocá-la.

— Francamente, tio — observei, tentando parecer o mais insolente possível. — Isso é indigno da sua parte. Afinal de contas, quaisquer que tenham sido os teoremas que Hardy demonstrou, eles com certeza foram mais importantes que os seus!

— Ah é? — respondeu bruscamente. — Mais importantes do que a *Conjectura de Goldbach*?

Sem querer, explodi numa gargalhada de incredulidade.

— Mas o senhor *não demonstrou* a Conjectura de Goldbach, Tio Petros!

— Não demonstrei, mas...

Parou no meio da frase. Sua expressão denunciava que ele havia dito mais do que pretendia.

— O senhor não demonstrou mas *o quê*? — pressionei-o. — Vamos lá, tio, complete o que ia dizer! O senhor não demonstrou mas *chegou muito perto*? Estou certo, não estou?

De repente, olhou-me espantado, como se ele fosse Hamlet e eu, o fantasma de seu pai. Era agora ou nunca. Dei um pulo da cadeira.

— Ah, pelo amor de Deus, tio — gritei. — Eu não sou o meu pai, nem o Tio Anargyros, nem o avô Papachristos! Eu sei um pouco de matemática, lembra? Não *me* venha com essa conversa fiada de Gödel e de Teorema da Incompletude! O senhor acha que em algum momento eu engoli aquela história da carochinha da sua "intuição dizendo que a Conjectura era indemonstrável"?! Não. Desde o início eu sabia o que ela era, uma desculpa patética para o seu fracasso. *Uvas verdes*!

Abriu a boca maravilhado: de fantasma devo ter me transformado em visão celestial.

— Eu sei toda a verdade, Tio Petros — prossegui com fervor. — O senhor chegou muito perto da demonstração! O senhor estava quase lá... Quase... Só faltava o passo final... — minha voz saía em um cântico sussurrante e profundo — ... e aí, o senhor perdeu a coragem! O senhor se acovardou, não foi, tio querido? O que é que aconteceu?! O senhor perdeu a força de vontade ou ficou assustado demais para seguir o caminho até o final? Seja o que for, lá no fundo, o senhor sempre soube: a culpa não está na Incompletude da Matemática!

Minhas últimas palavras haviam-no feito recuar e achei que eu deveria ir até o fim: agarrei-o pelos ombros e gritei direto em seu rosto: — Encare isso, tio! Será que o senhor não consegue ver que deve isso a si mesmo? À sua coragem, ao seu talento, a todos aqueles longos anos infrutíferos e de solidão! A culpa por não ter demonstrado a Conjectura de Goldbach é toda sua, da mesma forma que o triunfo teria sido todo seu se tivesse conseguido! Mas o senhor não conseguiu! A Conjectura de Goldbach é demonstrável e o senhor sempre soube disso! O *senhor* é que não conseguiu demonstrá-la! O senhor fracassou, *fracassou*, que diabo, e tem que admitir isso, de uma vez por todas!

Eu havia ficado sem fôlego.

Quanto a Tio Petros, seus olhos fecharam-se por um breve instante e ele vacilou. Pensei que fosse desmaiar, mas não; logo se recuperou, e sua desordem interior inesperadamente se transformou em um sorriso meigo e suave.

Sorri também: ingênuo, achei que meu discurso inflamado havia milagrosamente alcançado seu propósito. Na realidade, naquele momento eu teria apostado que suas palavras seguintes seriam algo como: "Você tem toda razão. Eu fracassei. Reconheço. Obrigado por ter me ajudado a ver isso, predileto dos sobrinhos. Agora posso morrer feliz".

Mas o que ele disse foi: — Seja um bom rapaz e vá buscar mais cinco quilos de feijão.

Fiquei atordoado: de repente ele era o fantasma e eu, Hamlet.

— Nós... nós temos que acabar a nossa conversa antes — balbuciei, chocado demais para dizer qualquer coisa mais drástica.

Mas então ele começou a implorar: — Por favor! Por favor, por favor, *por favor*, vá buscar mais feijão!

Seu tom era tão patético que minhas defesas caíram por terra. De qualquer forma, eu sabia que meu experimento de autoconfrontação imposta havia terminado.

Comprar feijão em um país onde as pessoas não vão ao mercado no meio da noite foi um desafio valioso para minha capacidade empreendedora em desenvolvimento. Fui de taberna em taberna, persuadindo os cozinheiros a me venderem o estoque de suas despensas, um quilo aqui, meio quilo ali, até conseguir a quantidade necessária. (Devem ter sido os cinco quilos de feijão mais caros da história.)

Quando cheguei a Ekali, já passava da meia-noite. Encontrei Tio Petros esperando por mim no portão do jardim.

— Você está atrasado! — Foi seu único cumprimento.

Pude perceber que ele estava muito agitado.

— Tudo bem, tio?

— Isso aí é o feijão?

— É, mas o que está acontecendo? Alguma coisa o preocupa?

Sem responder, agarrou a sacola. — Obrigado — disse ele, e começou a fechar o portão.

— O senhor não quer que eu entre? — perguntei, surpreso.

— Já é muito tarde — respondeu.

Relutei em deixá-lo antes de descobrir o que se passava.

— Não precisamos falar de matemática — observei. — Podemos jogar um pouco de xadrez ou, melhor ainda, beber um chá de ervas e fofocar sobre a família.

— Não — disse ele, categórico. — Boa noite. — Caminhou rápido em direção à pequena casa.

— Quando vai ser a próxima aula? — gritei.

— Eu ligo para você — respondeu, entrando e batendo a porta.

Fiquei parado na calçada durante algum tempo, perguntando-me o que fazer, se deveria tentar outra vez entrar na casa para falar com ele, para ver se estava bem. Porém, eu sabia que ele podia ser teimoso como uma mula. De qualquer maneira, nossa aula e a busca noturna por feijão haviam me deixado exausto.

Enquanto retornava a Atenas, fui incomodado por minha consciência. Pela primeira vez, questionei meu plano de ação. Não teria sido minha postura arrogante, supostamente intencionada a levar Tio Petros a um reconhecimento terapêutico da verdade, apenas a necessidade de ficar quite, uma tentativa de vingar o trauma que ele me infligira na adolescência? E, mesmo se assim não fosse, que direito tinha eu de fazer o pobre velho enfrentar, contra sua vontade, os fantasmas do passado? Havia eu de fato considerado as consequências de minha imperdoável imaturidade? As questões sem resposta sucediam-se, mas, de qualquer forma, ao chegar em casa eu já havia arranjado uma explicação lógica para o difícil problema moral: o sofrimento que eu causara a Tio Petros fora, com certeza, o passo necessário, obrigatório, em seu processo de redenção. O que eu lhe havia dito era, afinal, demasiado para ser digerido de uma só vez. Era óbvio que o pobre homem apenas precisava de uma oportunidade para refletir em paz. Tinha de admitir o fracasso para si mesmo, antes que pudesse fazê-lo para mim... Mas, se esse era o caso, para que os cinco quilos extra de feijão?

Uma hipótese começara a se formar em minha cabeça, porém era demasiado absurda para ser considerada com seriedade, pelo menos até de manhã.

Nada neste mundo é verdadeiramente novo, pelo menos não os grandes dramas do espírito humano. Mesmo quando um deles parece ser original, um exame mais detalhado mostra que ele já foi encenado antes, com atores diferentes, claro, e provavelmente com muitas variações em seu desenrolar. Mas o argumento principal, a premissa básica, reproduz a mesma velha história.

O drama representado durante os dias finais de Petros Papachristos é o último em uma trilogia de episódios da história da matemática, unificados por um único tema: o Mistério-solução para um Problema Famoso por um Matemático Importante.[18]

Por unanimidade, os três problemas matemáticos não resolvidos mais famosos são: (a) o Último Teorema de Fermat, (b) a Hipótese de Riemann e (c) a Conjectura de Goldbach.

No caso do Último Teorema de Fermat, o mistério-solução existiu desde sua primeira enunciação: em 1637, enquanto estudava a *Arithmetica*, de Diofante, Pierre de Fermat fez uma anotação na margem de sua cópia do livro, junto à pro-

---

[18] Mistério-soluções para problemas famosos por charlatões são muito comuns.

posição II.8, referente ao Teorema de Pitágoras, na forma x^2 + y^2 = z^2. Ele escreveu: "É impossível separar um cubo em dois cubos, ou um biquadrado (quarta potência) em dois biquadrados, ou em geral qualquer potência, com exceção do quadrado, em duas potências de mesmo expoente. Descobri uma demonstração maravilhosa disso, mas esta margem é muito estreita para contê-la".

Após a morte de Fermat, seu filho reuniu e publicou suas anotações. Uma busca minuciosa em seus papéis, no entanto, não revelou a *demonstratio mirabilis*, a "demonstração maravilhosa" que seu pai alegava ter encontrado. Desde então matemáticos tentam, sem sucesso, redescobri-la.[19] O veredito da história quanto à existência do mistério-solução é ambíguo. A maioria dos matemáticos hoje duvida que Fermat de fato tivesse uma demonstração. A teoria mais radical sustenta que ele mentiu conscientemente, que não verificou sua suposição e que a anotação na margem é pura vanglória. O mais provável, contudo, é que ele estivesse enganado, e sua *demonstratio mirabilis*, invalidada por uma falha não detectada.

No caso da Hipótese de Riemann, o mistério-solução era, na realidade, uma peça metafísica pregada por G. H. Hardy. Eis o que aconteceu:

Quando se preparava para embarcar em um *ferry-boat*, no Canal da Mancha, durante uma forte tempestade, o ateu convicto G. H. Hardy enviou a um colega um cartão postal

---

[19] Surpreendentemente, o Último Teorema de Fermat foi demonstrado em 1993. Gerhard Frey primeiro sugeriu que o problema talvez pudesse ser reduzido a uma hipótese indemonstrada na teoria das curvas elípticas, denominada Conjectura de Taniyama-Shimura, um *insight* demonstrado mais tarde, de forma convincente, por Ken Ribet. A demonstração crucial da Conjectura de Taniyama-Shimura propriamente dita (e por conseguinte, como seu corolário, a do Último Teorema de Fermat) foi alcançada por Andrew Wiles; no estágio final de seu trabalho, ele contou com a colaboração de Richard Taylor.

com a mensagem: "Tenho a demonstração da Hipótese de Riemann". De acordo com o raciocínio do célebre matemático, Deus, do qual era inimigo jurado, não permitiria que ele recebesse um prêmio tão nobre e imerecido, providenciando assim sua chegada segura, para que a falsidade de sua reivindicação pudesse ser exposta.

O mistério-solução da Conjectura de Goldbach completa a trilogia.

Na manhã seguinte à nossa última lição, telefonei para Tio Petros. Por insistência minha, ele havia concordado em instalar uma linha, mediante a condição de que apenas eu, e ninguém mais, soubesse o número.

Ele atendeu, parecendo tenso e distante: — O que você quer?

— Ah, só liguei para dizer oi — respondi. — Também para me desculpar. Eu acho que fui desnecessariamente grosseiro ontem à noite.

Houve um silêncio.

— Bem — disse ele —, para falar a verdade, no momento estou ocupado. Por que não conversamos... na semana que vem?

Eu queria acreditar que a frieza era apenas uma manifestação de seu ressentimento comigo (ressentimento que, aliás, era muito compreensível). Mas eu sentia uma inquietação incômoda.

— Ocupado com quê, tio? — insisti.

Outro silêncio.

— Eu... conto numa outra hora.

Estava obviamente ansioso para desligar, por isso, antes que o fizesse, deixei escapar a suspeita que se formara durante a noite.

— O senhor por acaso não retomou as suas pesquisas, retomou, Tio Petros?

Ouvi uma respiração profunda. — Quem... quem lhe disse? — perguntou, com a voz rouca.

Tentei parecer natural. — Ah, vamos lá, me dê algum crédito por eu ter aprendido a conhecer o senhor. Como se precisasse alguém dizer!

Escutei o clique do telefone desligando. Meu Deus, eu estava certo! O velho idiota havia endoidecido de vez. Ele estava tentando demonstrar a Conjectura de Goldbach! Minha consciência pesada me atormentou. O que eu havia feito? A humanidade, de fato, não aguenta muita realidade; a teoria da insanidade de Kurt Gödel, formulada por Sammy, também se aplicava, de modo diferente, a Tio Petros. Eu havia pressionado o pobre homem para além de seu limite máximo. Apontara direto para seu calcanhar de Aquiles e o atingira. Meu plano ridículo e simplório de forçá-lo à autoconfrontação destruíra suas frágeis defesas. De um modo imprudente, irresponsável, eu havia lhe roubado a justificação cuidadosamente acalentada para seu fracasso: o Teorema da Incompletude. Mas eu não havia posto nada em seu lugar que amparasse a autoimagem despedaçada de meu tio. Conforme indicava sua reação extrema, a revelação de seu fracasso (mais para ele que para mim) havia sido mais do que podia suportar. Privado de sua querida desculpa, ele havia tomado, por necessidade, o único caminho que lhe restara: a loucura. Que mais explicaria o empenho em buscar, quase aos oitenta anos, a demonstração que não conseguira encontrar quando estava no auge de sua capacidade? Se isso não era irracionalidade total, o que seria?

Entrei, bastante apreensivo, no escritório de meu pai. Por mais que eu odiasse ter de permitir seu acesso ao círculo encantado de minha ligação com Tio Petros, senti-me obrigado a lhe comunicar o que havia acontecido. Afinal, ele era seu irmão, e qualquer suspeita de doença séria era certamente um assunto familiar. Meu pai considerou minha autorrecriminação por ter desencadeado a crise uma tolice. De acordo com a visão de mundo oficial dos Papachristos, o indivíduo era o responsável exclusivo pelo próprio estado psicológico, sendo uma queda séria no preço das ações a única razão externa aceitável para o desconforto emocional. Pelo que sabia, o comportamento do irmão mais velho sempre fora estranho, portanto, um exemplo a mais de excentricidade não deveria ser levado a sério.

— Para falar a verdade — observou —, o estado que você está descrevendo — desatenção, retraimento, alterações bruscas do humor, exigências irracionais de feijão no meio da noite, tiques nervosos etc. — me lembra como ele se comportou quando o visitamos em Munique, no final dos anos vinte. Ali, também, ele parecia um louco. Nós estávamos num restaurante agradável, saboreando o nosso *Wurst*, e ele se contorcendo todo como se houvesse agulhas na cadeira, contraindo o rosto como um doido.

— *Quod erat demonstrandum* — disse eu. — É isso mesmo. Ele está de volta à matemática. Ou melhor, ele está de volta à Conjectura de Goldbach, por mais ridículo que isso possa parecer na idade dele.

Meu pai encolheu os ombros. — É ridículo em qualquer idade — comentou. — Mas para que se preocupar? A Conjectura de Goldbach já lhe fez todo o mal possível. Nada pior pode sair dali.

Porém, eu não estava tão confiante naquilo. Na realidade, eu tinha quase certeza de que uma série de coisas piores nos estavam reservadas. A ressurreição de Goldbach estava prestes a reacender paixões interrompidas, a agravar terríveis feridas ocultas e não cicatrizadas. O novo e absurdo interesse de Tio Petros pelo antigo problema era um mau presságio.

Naquela noite, após o trabalho, fui a Ekali. O velho Fusca estava estacionado fora da casa. Atravessei o jardim da frente e toquei a campainha. Como ninguém atendeu, gritei: — Abra, tio; sou eu!

Por alguns instantes cheguei a temer o pior, mas então ele apareceu à janela e olhou vagamente em minha direção.

Não havia qualquer indício da satisfação com que sempre me recebia, nem surpresa, nem cumprimento, apenas olhava.

— Boa tarde — saudei. — Eu só passei para dizer oi.

O rosto normalmente sereno, rosto de quem desconhece as aflições normais da vida, estava agora marcado por uma tensão extrema, pálido, os olhos vermelhos da falta de sono, a testa com sulcos de preocupação. Também não estava barbeado, a primeira vez que eu o via assim. Seu olhar continuava ausente, disperso. Eu não estava sequer certo de que ele sabia quem eu era.

— Vamos lá, tio, por favor, abra para o favorito — disse eu, com um sorriso bobo.

Ele desapareceu, e pouco depois a porta abriu-se com um rangido. Ficou ali parado, bloqueando minha entrada, vestido com as calças do pijama e um colete amassado. Era evidente que não queria que eu entrasse.

— O que há de errado, tio? — perguntei. — Estou preocupado com o senhor.

— Por que você deveria estar preocupado? — disse ele, tentando parecer normal. — Está tudo bem.

— O senhor tem certeza?

— Claro que tenho.

Então, com um gesto animado, chamou-me para mais perto.

Após olhar em volta, rápida e ansiosamente, inclinou-se para mim, os lábios quase tocando meu ouvido, e sussurrou:

— Eu as vi de novo.

Não compreendi. — Quem é que o senhor viu?

— As garotas! As gêmeas, o número 2^{100}!

Lembrei-me das estranhas aparições de seus sonhos.

— Bem — disse eu, tentando parecer o mais natural possível —, se o senhor está de novo envolvido em pesquisa matemática, está de novo tendo sonhos matemáticos. Não tem nada de estranho nisso...

Eu queria mantê-lo conversando para impedir (no sentido figurado, mas, caso fosse necessário, também no literal) que a porta se fechasse; precisava ter uma ideia de seu verdadeiro estado.

— E então, o que aconteceu, tio? — perguntei, fingindo estar bastante interessado no assunto. — As garotas falaram com o senhor?

— Falaram — respondeu. — Elas me deram uma... — Sua voz foi sumindo rapidamente, como se receasse ter falado demais.

— Uma o quê? — perguntei. — Uma pista?

Ficou outra vez desconfiado. — Você não pode contar a ninguém — disse ele, com severidade.

— Bico calado — prometi.

Ele havia começado a fechar a porta. Convencido agora de que a situação era muito grave e que era chegada a hora de uma ação de emergência, agarrei a maçaneta e comecei a empurrar. Ao sentir minha força, Tio Petros retesou-se, rangeu os dentes e lutou para me impedir de entrar, o rosto contraído em desespero. Temendo que o esforço fosse demasiado para ele (afinal, estava perto dos oitenta), reduzi um pouco a pressão, para fazer uma tentativa final através da conversa.

Dentre todas as burrices que poderia ter dito, escolhi esta: — Lembre de Kurt Gödel, Tio Petros! Lembre do Teorema da Incompletude: a Conjectura de Goldbach é indemonstrável!

De súbito, sua expressão passou do desespero à cólera.

— Que se dane o Kurt Gödel — gritou — e que se dane o Teorema da Incompletude! — Com um vigor inesperado, venceu minha resistência e bateu a porta em minha cara.

Toquei a campainha várias vezes, bati na porta, gritei. Fiz ameaças, tentei argumentar, implorei, mas nada adiantou. Quando uma torrencial chuva de outubro começou a cair, esperei que Tio Petros, louco ou não, tivesse um pouco de piedade e me deixasse entrar. Mas ele não teve. Fui embora, encharcado e muito preocupado.

Saí de Ekali direto para o médico da família e expliquei a situação. Sem excluir de todo a existência de um sério distúrbio mental (possivelmente desencadeado por minha interferência não autorizada em seu mecanismo de defesa), ele apontou dois ou três problemas orgânicos como sendo as causas prováveis da transformação de meu tio. Decidimos ir à sua casa na manhã seguinte, forçar a entrada se necessário, e submetê-lo a um exame médico completo.

Naquela noite não consegui dormir. A chuva aumentava, já passava das duas e eu estava em casa, curvado diante do tabuleiro de xadrez, como Tio Petros deve ter ficado nas inúmeras noites passadas em claro, estudando uma partida do último campeonato mundial. No entanto, minha preocupação teimava em interferir e eu não conseguia me concentrar.

Quando o telefone tocou, eu sabia que era ele, mesmo que Tio Petros nunca tivesse feito uma ligação do aparelho há pouco instalado.

Dei um pulo e atendi.

— É você, sobrinho? — Ele parecia muito agitado.

— Claro que sou eu, tio. O que aconteceu?

— Você tem que mandar alguém. Já!

Fiquei assustado. — "Alguém"? Um *médico*, o senhor quer dizer?

— Para que um médico ia servir? Um matemático, é claro!

Não o contrariei: — Eu sou um matemático, tio; já estou indo! Mas prometa que vai abrir a porta, para eu não apanhar uma pneumonia e...

Ele não tinha tempo para detalhes irrelevantes.

— Ora, diabos! — resmungou. Em seguida, acrescentou: — Tudo bem, venha, mas traga outro com você!

— Outro *matemático*?

— Sim! Preciso de duas testemunhas! Rápido!

— Mas por que as testemunhas têm que ser matemáticos?

Ingênuo, pensei que ele quisesse redigir seu testamento.

— Para entender a minha demonstração!

— Demonstração do *quê*?

— Da Conjectura de Goldbach, seu idiota — do que mais podia ser?!

Escolhi as palavras seguintes com muito cuidado: — Olhe, Tio Petros, eu prometo chegar aí o mais rápido possível. Sejamos razoáveis, não existe um matemático em cada esquina. Como é que eu vou achar um às duas da madrugada? O senhor me conta sobre a sua demonstração esta noite e amanhã nós vamos juntos...

Mas ele me interrompeu, gritando: — Não, não e não! Não há tempo para isso! Eu preciso das minhas duas testemunhas e preciso delas *já*! — Não resistiu e começou a chorar, soluçando — Ah, sobrinho, é tão... tão...

— Tão o *quê*, tio? Me diga!

— Ah, é tão simples, tão *simples*, meu querido rapaz! Como é possível que em todos aqueles anos, aqueles intermináveis anos, eu não tenha percebido como era abençoadamente simples!

Não o deixei prosseguir. — Estarei aí o mais rápido que eu puder.

— Espere! Espere! Espeeeee-re!!! — Estava agora em pânico.

— Prometa que não vem sozinho! Arranje a outra testemunha! Depressa... depressa, eu imploro! Arranje a testemunha! Não há tempo!

Tentei acalmá-lo: — Vamos lá, tio; para que tanta pressa? A demonstração não vai fugir, o senhor sabe disso!

Estas foram suas últimas palavras: — Você não entende, meu caro rapaz, não há mais tempo! — Baixou a voz até um sussurro, como se não quisesse ser ouvido por alguém que estava próximo: — Sabe, as garotas estão aqui. Elas estão esperando para me levar.

Quando cheguei a Ekali, batendo todos os recordes de velocidade, era demasiado tarde. Eu e o médico da família (eu o apanhara no caminho) encontramos o corpo de Tio Petros no chão do pequeno terraço. O tronco estava encostado à parede, as pernas abertas, a cabeça voltada para nós como se desse boas-vindas. O clarão longínquo de um relâmpago mostrou seus traços fixos em um maravilhoso sorriso de profundo, absoluto contentamento; suponho que tenha sido isso que levou o médico a imediatamente diagnosticar um derrame. À sua volta havia centenas de grãos de feijão. A chuva destruíra os paralelogramos, espalhando os feijões, que agora brilhavam como pedras preciosas por todo o terraço molhado. A chuva havia parado e um aroma revigorante de pinho e terra molhada espalhava-se pelo ar.

Nossa última conversa telefônica é o único indício do mistério-solução de Petros Papachristos para a Conjectura de Goldbach.

Ao contrário da célebre anotação na margem feita por Pierre de Fermat, é muito pouco provável que a *demonstratio mirabilis* de meu tio desafie uma hoste de promessas da matemática a tentar reproduzi-la. (Nenhum aumento no preço do feijão é esperado.) É assim que deve ser. A sanidade de Fermat nunca esteve em questão; nunca houve motivo para duvidar de que estivesse de posse total de suas faculdades mentais ao enunciar o Último Teorema. Infelizmente, não se pode dizer o mesmo de Tio Petros. Quando me anunciou seu triunfo, estava, decerto, louco. Proferiu as últimas palavras em um estado de confusão terminal, o abandono completo da lógica, a Noite da Razão que encobria a luz de seus momentos finais. Seria, portanto, uma injustiça extrema pronunciá-lo charlatão após a morte, atribuindo-se uma intenção séria a uma declaração feita em um estado de quase delírio, o cérebro provavelmente já devastado pelo derrame que, instantes depois, acabaria por matá-lo.

Então: Petros Papachristos conseguiu demonstrar a Conjectura de Goldbach em seus momentos finais? O desejo de proteger sua memória de qualquer espécie de ridículo obriga-me a afirmar da maneira mais inequívoca possível: a resposta oficial é "Não". (Minha opinião pessoal não interessa à história da matemática, logo vou guardá-la para mim.)

O funeral foi estritamente familiar, com apenas uma coroa de flores e um único representante da Sociedade Helênica de Matemática.

O epitáfio mais tarde gravado no túmulo de Petros Papachristos, abaixo das datas que marcam os limites de sua existência terrena, foi escolhido por mim, após vencer a objeção inicial dos mais velhos da família. Suas palavras são um acréscimo à coleção de mensagens póstumas que fazem do Primeiro Cemitério de Atenas um dos mais poéticos do mundo:

TODO NÚMERO PAR MAIOR QUE 2
É IGUAL À SOMA DE DOIS NÚMEROS PRIMOS

POST SCRIPTUM

Ao término deste livro, a Conjectura de Goldbach tinha duzentos e cinquenta anos. Até hoje ela permanece indemonstrada.

AGRADECIMENTOS

Gostaria de agradecer aos professores Ken Ribet e Keith Conrad, que leram cuidadosamente o manuscrito revisado e corrigiram numerosos erros, assim como ao doutor Kevin Buzzard pela elucidação de vários pontos — qualquer falha matemática remanescente é de minha inteira responsabilidade. Também à minha irmã, Cali Doxiadis, pela inestimável ajuda linguística e editorial.

Apostolos Doxiadis

SOBRE O AUTOR

Apostolos Doxiadis nasceu em 1953 na cidade de Brisbane, na Austrália, e cresceu em Atenas. Ingressou na Columbia University de Nova York aos quinze anos de idade, após submeter um trabalho original ao Departamento de Matemática, e fez pós-graduação na École Pratique des Hautes Études, em Paris.

Além de escritor, Doxiadis é cineasta, tendo recebido o prêmio do Centro Internacional do Cinema de Arte (CICAE) no Festival Internacional de Cinema de Berlim, em 1988, pelo seu segundo longa-metragem, *Terirem*. É também diretor de teatro e tradutor, tendo vertido para o grego *Hamlet* e *Romeu e Julieta*, de Shakespeare, e *Mourning becomes Electra*, de Eugene O'Neill.

É autor dos romances *Parallel Life* (1985), *Macavettas* (1988), *Tio Petros e a Conjectura de Goldbach* (1992) e *The Three Little Men* (1997); das peças de teatro *The Tragical History of Jackson Pollock, Abstract Expressionist* e *Seventeenth Night*; e da graphic novel *Logicomix* (2008, em parceria com Christos Papadimitriou), obra vencedora do Bertrand Russell Society Book Award em 2010. Além da Grécia, Grã-Bretanha e Estados Unidos, *Tio Petros e a Conjectura de Goldbach* já foi publicado em mais de trinta países.

ESTE LIVRO FOI COMPOSTO EM SABON PELA
BRACHER & MALTA, COM CTP DA FORMA
CERTA E IMPRESSÃO DA BARTIRA GRÁFICA E
EDITORA EM PAPEL PÓLEN SOFT 80 G/M² DA
CIA. SUZANO DE PAPEL E CELULOSE PARA A
EDITORA 34, EM JULHO DE 2013.